Narratori Feltrinelli

Daniel Pennac

La legge del sognatore

Traduzione Yasmina Melaouah

Titolo dell'opera originale
LA LOI DU RÊVEUR

Traduzione dal francese di
YASMINA MELAOUAH

Giangiacomo Feltrinelli Editore Milano
Prima edizione ne "I Narratori" gennaio 2020

Stampa Grafica Veneta S.p.A. di Trebaseleghe - PD

ISBN 978-88-07-03374-2

Per Charlotte, Vincent,
Anna e Lulle

in memoria di J.B. Pontalis

1.
L'inondazione

Verso i sei, sette anni ero convinto che ci fossero due vite, una con gli occhi aperti e l'altra con gli occhi chiusi.

Federico Fellini, *Il libro dei sogni*

1.

Posto che sia possibile mettere una data a simili nascite, io sono diventato scrittore la notte di questa conversazione con Louis. Avevo dieci anni e sostenevo con il mio migliore amico che la luce era fatta di acqua.

"Di acqua? Sei sicuro di quello che dici?"

"Sicurissimo, la luce è fatta di acqua!"

"La luce elettrica? Quella della lampada sul comodino? È fatta di acqua?"

Vercors, notte fonda, la conversazione si svolgeva nella mia camera, di cui Louis era l'ospite fisso: lui nel suo letto e io nel mio, tra di noi la lampada da notte e, appeso sopra le nostre teste, un disegno coloratissimo di Federico Fellini. Questa la scena.

"Sì, la luce gialla delle lampadine e la luce bianca dei neon è fatta di acqua."

"Chi te l'ha detto?"

"Il maestro, la settimana scorsa. Il giorno che tu eri assente. Ci ha spiegato che in montagna, cioè qui, la luce è fatta dell'acqua dei fiumi che grazie alle dighe sono trasformati in laghi, e che poi viene domata in certi impianti fatti apposta."

"Acqua domata? Sei sicuro di aver capito bene?"

Adesso non ero più tanto sicuro, ma siccome Louis aveva tutta l'aria di non prendermi sul serio, mi sono lanciato nell'improvvisazione:

"Certo che ho capito bene! Dopo che è stata domata, l'acqua scorre rapidissima nei fili elettrici e gira così veloce nei filamenti delle lampadine che alla fine si scalda, si scalda e produce la luce!"

Louis si voltò verso la parete:

"O hai capito male oppure ti stai inventando un sacco di boiate".

E aggiunse:

"È normale, comunque, quando avevo la tua età facevo la stessa cosa".

Un nostro vecchio scherzo. Lui era nato il 31 dicembre e io il 1° gennaio.

"Ma se abbiamo *un solo giorno* di differenza!"

"Anche se io fossi nato il 31 dicembre alle 23.59 e tu il primo gennaio a mezzanotte e un secondo avremmo comunque un anno di differenza. Tu hai dieci anni e io ne ho undici, punto e basta. E in un anno, vedrai, si fa in tempo a imparare un sacco di cose!"

La classica battuta di cui non ci stancavamo mai.

La nostra discussione sarebbe potuta andare avanti tutta la notte se dallo spiraglio della porta non fosse spuntata la testa di mia madre:

"Spegnete la luce e basta chiacchierare, bambini, che domattina partiamo presto e abbiamo tanta strada da fare. Su, è ora di dormire!".

Spegnendo la lampada sul comodino bisbigliai a Louis:

"Un giorno non è un anno, e la luce è fatta di acqua!".

Aveva la voce assonnatissima quando mi rispose:

"Ne riparleremo domani, quando avrai la mia età".

Un attimo dopo, in casa si sentivano soltanto le voci lontane della televisione. Mio padre e mia madre guardavano uno di quei programmi in cui si discuteva già del futuro della Francia e dello stato di salute del pianeta. I miei genitori si assopivano regolarmente davanti allo schermo acceso, per svegliarsi di soprassalto nelle ore in cui l'umanità dorme e la televisione racconta la vita degli animali.

2.

Louis dormiva da un pezzo mentre io continuavo a chiedermi cos'avesse detto esattamente il maestro. Ci aveva parlato dell'elettricità prodotta dalle centrali nucleari, ci aveva parlato degli impianti eolici che secondo lui creavano l'elettricità a partire dal vento, ma anche delle dighe che in montagna producevano la luce grazie all'acqua. Proprio come la centrale idroelettrica nelle Alpi dell'Alta Provenza dove i miei genitori ci avrebbero portato l'indomani e che era stata all'origine della nostra discussione. Eravamo eccitatissimi all'idea di quella gita. Mio padre ci aveva promesso un sacco di cose: avremmo potuto arrampicare, andare per grotte, tuffarci nel lago e anche provare a fare un'immersione con le bombole come gli adulti! Una "supergita", ci aveva promesso. Louis e io eravamo molto attratti dalla prospettiva dell'immersione.

"Avete ragione, ragazzi, con il nuoto subacqueo diventerete veri e propri pesci! Sarete liberati dalla forza di gravità."

Qualche anno più tardi, certo, quelle gite in famiglia mi avrebbero un po' annoiato, ma a dieci anni non c'era niente che potesse piacermi di più. Soprattutto se veniva anche Louis.

Gli zaini, le corde doppie, le bombole e le pinne ci aspettavano ai piedi del letto. Sì, prometteva davvero di essere una gran bella spedizione! E poi domani, alla grande diga, mio padre ci avrebbe spiegato tutto quello che c'era da sapere sull'elettricità di montagna. Era il re delle spiegazioni, lui. Lo riconosceva anche Louis.

Mentre pensavo a queste cose, potevo quasi sentire cosa dicevano le voci alla televisione. La porta della camera, infatti, era rimasta socchiusa. La mamma aveva forse intenzione di tenerci d'occhio tutta la notte? O si era semplicemente dimenticata di richiuderla? Come che fosse, nel corridoio brillava il lumino da notte di quando ero piccolo. Toh, mi dissi, perché i miei genitori hanno acceso il lumino? Ormai erano almeno quattro o cinque anni che non lo accendevano più. Non ero più un bebè, non avevo più paura del buio. Oltretutto c'era Louis! Eppure vedevo benissimo l'alone rossastro del lumino, là nel buio del corridoio, come l'occhio sbarrato di un gufo. Non riuscivo a distogliere lo sguardo. Quel gufo mi impedirà di dormire, pensai. Decisi di fissare quell'occhio finché non si fosse chiuso. È la classica sfida cui crede ciecamente un bambino di dieci anni: se fisso a lungo il lumino senza mai sbattere le palpebre, quello si spegnerà da sé, è una semplice questione di volontà. Il gufo chiuderà l'occhio.

Scommettiamo?

Non so quanto tempo durò il duello tra me e il lumino. Intorno a quel chiarore dorato tutto si faceva più buio che mai. Ormai non esisteva altro al mondo che l'occhio di quel gufo che mi sfidava nella notte.

"Guardami! Su, guardami!"

Il gufo e io.

Volontà contro volontà.

Alla fine ho vinto io.

"Plof," ha fatto il lumino.

Conoscevo quel rumore. "Plof!" Vittoria! La lampadina è esplosa! L'ho fissata così intensamente che è esplosa. "Plof!" Seguito da una piccola pioggia di vetro sul linoleum del corridoio.

Sorridendo, mi sono voltato verso la parete per addormentarmi.

Ma non mi sono addormentato.

Dal fondo del corridoio il gufo continuava a provocarmi: "Guardami, dai, guarda il mio occhio guercio se hai il coraggio!".

E io non ce l'avevo, il coraggio. Una paura affiorata dalla primissima infanzia mi impediva di raccogliere la sfida. Mi sforzai di fissare il soffitto, seppur invisibile nel buio. La paura mi tenne per un bel po' in quella posizione, poi la vergogna ebbe la meglio – insomma, hai dieci anni! – e guardai di nuovo il gufo.

Esplosione di terrore. Là nel corridoio un liquido giallo colava dalla lampadina infranta. Colava senza far rumore e si spandeva sul pavimento.

Sottovoce chiamai Louis, senza distogliere lo sguardo da quella colata di luce.

"Lou!"

Avevo due buone ragioni per svegliare il mio amico; una era la paura – avevo letteralmente la pelle d'oca dallo spavento – e l'altra era la gioia di dimostrargli che prima avevo ragione io.

"Lou, scemo, svegliati! Guarda!"

La luce colava ininterrotta dalla lampadina infranta, senza fare alcun rumore. Quel silenzio acuiva il mio terrore. Il silenzio, e il fatto che la pozza per terra si allargasse. C'era molta più luce nella pozza di quanta potesse contenerne una lampadina così piccola.

Mentre chiamavo Louis, le mie mani cercavano a tentoni nel buio la lampada sul comodino.

"Dai, svegliati, cos'è quella, se non luce liquida? È addirittura un'inondazione di luce!"

Una luce che peraltro non illuminava niente. Intorno alla pozza, il corridoio era completamente buio. Si vedeva solo il liquido che si spandeva sul pavimento senza illuminare nulla intorno. Quella luce non irradiava più. Illuminava solo sé stessa. Non era più luce, era una specie di miele opaco che si spandeva nel buio, un vero e proprio lago adesso, che si allargava nell'oscurità più completa. In camera nostra era così buio che non vedevo neppure il letto di Louis.

"Lou, dio santo, svegliati! Guarda che roba!"

La mia mano trovò finalmente l'interruttore della lampada. Accesi con immenso sollievo.

"Guarda, Lou!"

Ma il letto di Louis era vuoto.

Nemmeno disfatto.

Louis non era più in camera.

E tutta la sua attrezzatura era sparita.

Per la sorpresa tirai così forte il filo della lampada che quella volò contro la parete. La lampadina si spappolò come un frutto, e anche in questo caso dal bulbo infranto prese a colare un liquido giallo. Un giallo molto più vivace del miele del lumino da notte, ma che colava anch'esso ininterrottamente. Sembrava oro. O quanto meno l'oro dei piccoli fiori di campo che mia madre chiamava botton d'oro. Era esattamente questo: una spruzzata di tanti botton d'oro sulla parete e, per terra, una colata giallissima che anche lì non illuminava nulla. In camera nostra, anzi, era sempre più buio.

3.

Afferrai a tentoni il mio zaino, lo svuotai sul letto gettando una dopo l'altra le mie cose finché le dita non riconobbero la lampada frontale, quella che mio padre ci obbligava a portare quando andavamo per grotte.

Ora la mia fronte illuminava la stanza. Sì, il letto di Louis era proprio vuoto, e le sue cose erano sparite. La nostra lampada da notte era davvero per terra e da essa fuoriusciva una colata di oro opaco che sarebbe arrivata alla porta prima di me se non mi sbrigavo a uscire.

"Papà! Mamma!"

Mi sono precipitato fuori dalla stanza.

Con un salto ho scavalcato la pozza, ho fatto di corsa il corridoio evitando il miele del lumino, saltando da un'isola d'ombra all'altra come si fa di sasso in sasso quando si attraversa un torrente, attento a non scivolare, a non toccare la luce, insomma a non fulminarmi.

"Papà! Mamma!"

Mi precipitai giù dalle scale e quando aprii la porta del soggiorno i miei genitori non c'erano più. C'era soltanto la televisione. Oggi lo dico con tranquillità, ma quella notte rimasi parecchi secondi in piedi davanti al televisore senza capire cosa stessi vedendo. La tivù era sfondata. E ne usciva un magma silenzioso di luce fatto di volti che si allungavano come chewing-gum (alcune bocche parlavano ancora, si vedeva il movimento delle labbra ma non usciva alcun suono), finché, a forza di tirarsi, le facce perdevano qualunque forma e i colori si confondevano l'uno con l'altro come la cioccolata sul mio latte appena prima che si mescolassero. Vedevo tutto questo e pensavo: è un cortocircuito! Sembrerà pazzesco, ma quell'inondazione di luce non mi stupiva più. Ci si abitua a tutto, in fretta. Pensavo soltanto che con i miei giochetti scemi dovevo aver provocato un cortocircuito. Dev'essere saltato l'impianto elettrico, pensavo, il frigo, il telefono, lo scaldabagno, dev'essere partito tutto. Bisogna che svegli papà, subitissimo, bisogna che svegli papà perché vada di corsa al contatore generale, stacchi la corrente in modo che tutto si fermi, non c'è altra soluzione, togliere la corrente e che tutto torni a posto!

Solo che per arrivare in camera dei miei genitori bisognava attraversare il soggiorno, quasi interamente inondato dalla luce marmorizzata della televisione. Sì, quella colata mi ricordava anche la lastra di marmo sopra il caminetto di mia nonna, un caminetto dove troneggiava un san Sebastiano con la testa illuminata dall'oro di un'enorme aureola. Quel marmo era una pietra scura e lucida con un'infinità di colori che si frammischiavano creando figure mutevoli, come nella luce morta che ora inondava il soggiorno. Ricordo di aver arrotolato il tappeto per cercare di arginare quel lago. Per un attimo la luce si fermò, rifluì addirittura verso il televisore, giusto il tempo di lasciarmi raggiungere la porta della stanza dei miei genitori. Quando me la richiusi alle spalle, l'ultima cosa che vidi fu il soggiorno inondato da quella colata multicolore nella quale si gettava una cascata di miele e d'oro che piombava in silenzio giù dalle scale. La cascata trascinava via la mia attrezzatura per la gita. Le bombole rimbalzavano da un gradino all'altro.

"Papà, mamma, svegliatevi!"

Ma sentii che parlavo in una stanza vuota. I miei genitori

non c'erano. Lo sentivo così forte che non avevo il coraggio di guardare il letto. Eppure dovetti decidermi a farlo. Quando il fascio della mia lampada frontale finalmente vi si posò, vidi infatti che il letto era vuoto, come quello di Louis, e come il suo neppure disfatto, e che la loro attrezzatura per la gita era scomparsa.

"Papà! Mamma!"

Ma stavolta il grido mi restò in gola. Il fascio della lampada percorse le quattro pareti, incontrò le vestaglie dei miei genitori appese agli attaccapanni, quindi si perse oltre la finestra aperta.

Ai due lati di quel buco oscuro, le tende ondeggiavano piano alla brezza notturna.

"Sono usciti da lì," mi dissi.

Attraversai la stanza e scavalcai a mia volta la finestra.

4.

Presumo che la mia idea fosse quella di andare a cercare aiuto. O forse soltanto compagnia. Non volevo più restare solo in quella casa. Non capivo perché mi avessero abbandonato tutti, papà, la mamma, Louis... I miei genitori, il mio migliore amico... Né perché si fossero portati via l'attrezzatura. Certo non erano andati a fare la gita senza di me! C'era forse un nesso con l'inondazione di luce? Erano furibondi perché avevo provocato quel disastro? Però, insomma, non si abbandona un figlio solo perché ha fatto una stupidaggine! Per quanto enorme. Non si pianta in asso il migliore amico in piena notte solo perché ha avuto ragione durante una discussione prima di dormire! Una cosa del genere non la fa nessuno! Di certo non i miei genitori! Di certo non Louis! Mio padre e Moune, mia madre, erano genitori così perfetti che a volte mi chiedevo se non me li fossi scelti io prima di nascere. Come se prima di essere concepiti tutti i bambini del mondo volassero sopra un enorme mercato di genitori (mercato non è la parola giusta, fa un po' schiavi, ma non me ne vengono in mente altre) e scegliessero quelli con cui volevano vivere.

"Basata su che criteri, la scelta?" mi aveva chiesto Louis

due o tre anni dopo, una sera in cui ne discutevamo. "Perché proprio questi genitori e non altri?"

"Non so, va un po' a intuito, uno si sceglie i genitori che gli sembrano più simpatici..."

"Simpatici? E cosa intendi per simpatici?"

"Be', simpatici, come i miei! Come tua madre."

"E come mio padre, magari?"

Silenzio imbarazzato. Il padre di Louis era morto qualche anno prima.

"Solo per dirti che il tuo criterio basato sulla simpatia è un po' deboluccio. Mio padre era simpaticissimo, non c'era nessuno più simpatico di lui, però era anche parecchio mortale. Se sono stato io a sceglermelo, mi sa che ho cannato un po', che dici? Avrei potuto sceglierlo un po' meno 'simpatico' e un po' più duraturo, non ti pare?"

Con Louis le conversazioni potevano partire da qualsiasi cosa, la scelta dei genitori, l'elettricità liquida, la differenza tra cani e gatti, tra maschi e femmine, davvero qualsiasi cosa, e non si sapeva mai dove si andava a finire.

"Non siamo noi a scegliere i genitori," concluse quella sera, "e non sono neppure loro a scegliere noi, è la grande lotteria genetica."

"La che?"

"Lascia perdere, finiremo domani."

Le nostre discussioni si svolgevano perlopiù la sera.

"Non dobbiamo mai finire una discussione prima di dormire," diceva Louis, "altrimenti rischieremmo di non avere più niente da dirci al risveglio, e sarebbe davvero terribile."

Quella notte, insomma, la notte dell'inondazione, sono uscito dalla finestra della camera dei miei genitori. Forse loro avevano avuto paura di attraversare il soggiorno, forse l'elettricità liquida arrivava già fin davanti alla porta di casa, forse di fronte alla cascata che trascinava la mia attrezzatura giù dalle scale, i miei genitori non avevano avuto il coraggio o non erano riusciti a venire su a salvarci. Forse erano saltati dalla finestra per cercare aiuto, semplicemente. Anzi, era proprio questa l'ipotesi più verosimile. Non mi avevano abbandonato. Tutt'altro. Erano andati a chiamare i vicini, i pompieri, la polizia, non so cosa. E adesso toccava a me passare da quella finestra.

5.

Quello che vidi fuori mi raggelò. A essere inondata non era solo la nostra casa, ma l'intera città. Cascate di luce morta colavano sulle facciate degli edifici. Le abitazioni vomitavano come ubriaconi alla fine di una festa: colate d'oro e di miele, colate bianche e polverose dei neon, colate multicolori dei televisori e fiumi di marmo liquido traboccavano dalle finestre fin sui marciapiedi, trascinavano i cestini dell'immondizia che galleggiavano dondolando, ed era tutto talmente scivoloso che all'incrocio della chiesa le auto si tamponavano malgrado gli sforzi del vigile che con grandi gesti cercava di dirigere il traffico.

Era un vigile della mia infanzia, con tanto di mantellina, chepì e corto bastone bianco, un vigile di quell'epoca lì. Il suo lavoro lo faceva molto bene. Sembrava un vigile meccanico, piazzato lì sotto il lampione al centro del piazzale della chiesa, imperturbabile. Incurante dell'inondazione, era salito su una sedia per proteggersi i piedi dalla colata di luce e continuava a fare il suo dovere. Ma c'era poco da fare, nonostante il bastone e i fischi, all'incrocio le auto sbandavano e si tamponavano come macchinine agli autoscontri. Dai fanali rotti colava subito una luce molle che andava ad aggiungersi all'orrenda brodaglia marmorizzata dove il rosso delle luci di posizione formava arzigogolati arabeschi sanguinolenti. Tutto ciò nel buio più assoluto. Giacché quel fiume ininterrotto di luce, come poco prima il miele del mio lumino, non illuminava nulla. L'inondazione dilagava in una città completamente immersa nel buio. In quell'oscurità totale, le uniche fonti luminose erano la lampadina del lampione che formava un cono di luce bianca sulla testa del vigile, l'insegna rossa del tabaccaio che lampeggiava all'angolo della nostra via, i fasci dei fari prima che questi esplodessero nonché gli abitacoli illuminati delle auto fuori controllo.

Sì, tutti gli automobilisti avevano acceso la plafoniera sopra lo specchietto retrovisore, per tranquillizzarsi, immagino, e le macchine sembravano bolle di luce perse nella notte, in cui vedevo mariti e mogli che litigavano, e genitori e figli, fratelli e sorelle, piccoli e grandi, tutti che si accusavano a vicenda, convinti tutti che la colpa fosse dell'altro: Se non facevi saltare quel lumino da notte, se non facevi cadere la lampada del comodino, accuse del genere, che quasi potevo leggere sulle loro labbra mentre tutte le auto, che avessero subìto o no un incidente, erano trascinate via dal fiume di luce morta come prima i cestini dell'immondizia, con i portabagagli stracarichi di tutto quello che vi avevano legato in gran fretta, e fra le auto quella dei miei genitori, le cui facce vedevo ora passare sotto la nostra finestra, con mio padre che tirava con tutte le sue forze impotenti il freno a mano e mia madre che piangeva perché il figlio non si decideva a saltar giù per raggiungerla, ma saltare dove, mamma? In quel torrente elettrico? Per essere folgorato e trascinato via come un volgare cestino? No grazie!

A quanto pareva tutti cercavano di scappare, tutti avevano solo un'idea in testa, lasciare la città prima che fosse completamente sommersa da quella marea di luce spenta, del tutto inghiottita, e nella fuga ciascuno pensava solo a sé stesso, infischiandosene degli altri, tranne mia madre che chiamava suo figlio, Moune con la faccia incollata al finestrino dell'auto, che mi chiamava, mi chiamava, ma come faccio, mamma, a saltare lì dentro?

Adesso, laggiù, il vigile era aggrappato al lampione. La sedia era stata trascinata via dalla corrente. Lui teneva i piedi ben sollevati da terra per non essere folgorato, ma continuava valorosamente a dirigere il traffico agitando il bastone bianco con la mano libera e fischiando più forte che poteva.

"Signor vigile!"

Alla fine mi sono deciso a chiamarlo, avevo davvero bisogno di lui!

"Signor vigile, mi aiuti! Voglio raggiungere i miei genitori!"

Aveva troppo da fare per riuscire a sentirmi. All'incrocio le auto continuavano a tamponarsi e poi erano trascinate via dal fiume ormai impetuoso.

"Ma vuole guardarmi, sì o no?!"

Presi a fissare il vigile con tutte le mie forze, come prima con il lumino del corridoio. Mi dicevo: se lo fisso abbastanza a lungo, prima o poi mi vedrà e verrà in mio aiuto.

E infatti alla fine mi ha visto.

Ma in mio aiuto non venne proprio.

"Ehi! Lei, sulla finestra," gridò, "la vuole spegnere quella lampada frontale? Non lo vede che abbaglia tutti con quell'affare? Guardi quante macchine si scontrano per colpa sua!"

Mentre urlava rivolto a me – la sua voce mi era stranamente familiare –, un camion sbandò e urtò il lampione che si piegò come se chinasse il collo. Una doccia di luce bianca piovve sulla testa del vigile e il mio cuore smise di battere. Morirà folgorato, mi dissi! Resterò l'unico sopravvissuto in città!

"Spenga subito quella lampada frontale, porco cane, altrimenti l'abbaglio io!"

Non soltanto non era rimasto folgorato, ma veniva verso di me con grandi falcate furibonde. In mano aveva una di quelle lunghe torce con cui i poliziotti dei film americani ispezionano le auto abbandonate. Era tutto grondante di luce liquida e le sue gambe producevano onde di marmo nel torrente silenzioso.

"Ti diverte tanto, piccoletto, vedermi tutto fradicio?"

(Ma dove l'avevo sentita, quella voce?) Quando fu proprio davanti a me, si scrollò come un cane. Intorno al chepì si aprì un ventaglio di gocce che scintillavano nel fascio della mia lampada frontale come l'enorme aureola di san Sebastiano sul caminetto di mia nonna.

Accese la torcia e la puntò verso di me.

"Forza, piccoletto, sveglia, che hai dormito abbastanza!"

6.

Mi sono svegliato e avevo davanti Louis che mi abbagliava con la lampada frontale versandomi in testa la borraccia piena d'acqua. Il suo letto era fatto e lui, zaino in spalla, era pronto per la gita mentre io, bagnato fradicio, ero saltato su a sedere fra le lenzuola inzuppate.

"Allora, ragazzi, vi decidete a scendere o andiamo via senza di voi?"

Era la voce di mio padre in fondo alle scale.

"Su, datti una mossa che ci aspettano!" confermò Louis.

Mi lanciò un asciugamano e scese giù di corsa.

2.

Sotto un sogno di Federico

Lo spettacolo cominciava appena chiudevo gli occhi.

Federico Fellini, *Il libro dei sogni*

7.

In macchina, ovviamente, ho raccontato il mio sogno.

“Ma ricorda un sacco il sogno di Federico!” esclamò mia madre.

Si riferiva al disegno coloratissimo di Fellini che lei aveva appeso in camera mia.

“Anche tu dovresti trascriverteli, i tuoi sogni,” mi disse mio padre.

Fu necessario spiegare a Louis chi era Federico Fellini: un regista italiano che la mamma adorava. Lei aveva lavorato come costumista per molti suoi film. Era andata anche a Roma, allo Studio 5 di Cinecittà, dove Fellini girava tutto quello che gli passava per la testa. Una mattina lui aveva strappato la pagina del grosso libro mastro su cui disegnava i suoi sogni e aveva teso a Moune quello che aveva appena fatto. Lei l’aveva incorniciato e appeso in camera mia.

“Appena sveglio, Fellini trascrive e disegna i suoi sogni,” confermò lei.

“Fa bene,” approvò Louis, “i sogni evaporano come la pioggia al sole.”

Era un’estate calda. Viaggiavamo sotto un sole che faceva stagliare nitide le montagne.

Chiesi:

“Voi lo fate? Li trascrivete i sogni?”.

"I nostri sogni non possono minimamente competere con i tuoi," rispose Louis, "sono roba insignificante. Tu invece sei proprio il re dei sogni! Se mi paragono a te, mi sembra di non essere neanche capace di sognare."

Mia madre si mise a ridere:

"Che ti succede, Louis, fai dei complimenti al tuo amico? Questa sì che è una novità!".

Guardando scorrere il paesaggio, Louis rispose:

"Sono serissimo. Il mio amico è un sognatore incredibile. Quando saremo grandi, lui farà lo scrittore. O il regista, magari, come il suo amico, coso...".

"Fellini," disse la mamma.

"Fellini," confermò Louis.

"E tu," chiese papà, "tu cosa farai da grande?"

"Io?"

Dopo un attimo di esitazione, Louis rispose:

"Io farò il personaggio".

Ed è andata proprio così. Io sono diventato scrittore, ho scritto saggi, romanzi, fumetti, sceneggiature, testi teatrali, ho raccontato storie di ogni genere, per adulti e per bambini. Ho scritto anche una serie di racconti sulla nostra adolescenza comune, con Louis come protagonista. In quei racconti lo chiamavo Kamo. Il nome è diventato un titolo generico, tanto che i giovani lettori dicono i Kamo, un Kamo, il mio Kamo. Così come potrebbero benissimo dire un Louis, il mio Louis.

8.

Quella mattina, insomma, mentre eravamo in auto diretti verso la meta della nostra gita, la conversazione verteva sul mio sogno. Louis aveva fatto una domanda interessante: Sappiamo davvero *quando* comincia un sogno?

"Il tuo, per esempio," mi chiese, "secondo te quando è cominciato?"

Avevo la risposta pronta:

"Quando si è fulminata la lampadina del lumino da notte e ho visto il miele colare sul pavimento di linoleum! Questo non era reale. L'ho sognato. E nella vita vera è impossibile far fulminare una lampadina solo fissandola!".

"Tanto più impossibile," disse mia madre, "visto che nel corridoio non c'era nessun lumino."

Mi ci volle un po' di tempo per registrare quello che aveva detto.

"Come sarebbe, non c'era il lumino? Ma io l'ho visto, prima di addormentarmi!"

"No, l'hai visto *dopo* esserti addormentato," corresse mio padre lanciandomi un'occhiata divertita nello specchietto retrovisore.

"Il lumino l'abbiamo tolto il giorno che hai compiuto cinque anni," completò mia madre. "Ti ricordi? Ce l'avevi chiesto come regalo di compleanno: Non sono più un bebè, non ho più bisogno del lumino! Voglio che lo togliete! Ho cinque anni!"

"Perciò," concluse Louis, "ieri notte il lumino te lo sei sognato."

Incredibile...

"E torniamo quindi alla domanda iniziale. Quando è davvero cominciato il tuo sogno?"

Stavolta riflettei prima di rispondere.

"Forse quando i miei sono andati a dormire. Non ho più sentito la tivù e mi sono addormentato."

"Quale tivù?" ha chiesto mio padre.

Silenzio. Qui nel Vercors non avevamo la televisione, non l'avevamo mai avuta. La tivù era a Parigi.

"Allora?" domandò Louis.

Da quel momento ci sono andato con i piedi di piombo:

"Moune, ieri sera, mentre io e Lou chiacchieravamo, sei venuta su a dirci di fare silenzio, giusto?".

"Ieri sera, tesoro mio, dormivo. Potevate fare tutto il baccano di questo mondo e non mi sarei svegliata."

"Ha cercato di leggere un po'," precisò mio padre, "ma dopo due pagine si è addormentata. Le ho tolto gli occhiali, le ho chiuso il libro e ho spento la luce. Anch'io morivo di sonno."

Le mie certezze crollavano una dopo l'altra. Mi sentivo come uno di quei personaggi dei cartoni animati che continuano a correre anche quando non hanno più la terra sotto i piedi.

"Allora?" insistette Louis.

Allora non ero più sicuro di niente.

"Però, dai, Louis, è vero che prima di addormentarci io e te abbiamo parlato della luce, no?"

"Sì, tu sostenevi che la luce è fatta di acqua."

Mio padre alzò il dito della conoscenza:

"Il che in montagna non è del tutto sbagliato. Si tratta comunque di energia idroelettrica. Metaforicamente parlando, si può quindi dire che la luce è fatta di acqua".

"Già che ci sei," suggerì mia madre, "spiega a questi due cos'è una metafora."

In quel frangente, però, non m'importava granché d'imparare una parola nuova o di sapere se avevo torto o ragione nella discussione con Louis. Tutto quello che volevo sapere era quando era cominciato il sogno! Adesso risalivo indietro nella memoria, tastando il terreno con la punta dei piedi.

"Nella nostra discussione sulla luce liquida tu, Lou, non eri d'accordo con me, questa è la realtà, giusto?"

"Ti dicevo che forse non avevi capito bene quello che aveva spiegato il maestro."

Vero.

"E ti sei girato verso la parete dicendo: 'Ne riparleremo domani quando avrai la mia età'."

"Ho detto così?"

Louis sembrava francamente stupito:

"Perché avrei dovuto dire una cosa del genere?".

Non poteva averlo detto. Louis e io non abbiamo un giorno ma nove mesi di differenza. Lui è nato ad aprile e io a dicembre.

Questa volta scoppiò a ridere:

"Ecco! Questa è proprio la classica idea che può venire a uno con la mania delle storie! I due migliori amici del mondo che hanno un solo giorno di differenza e il più grande che continua a sfinire l'altro ripetendogli: 'Vedrai, domani, quando avrai la mia età'. Una cosa del genere può immaginarla solo uno con la mania delle storie! Diventerà uno scrittore, date retta a me! Sono pronto a scommetterci! Oppure un regista, come il suo amico, coso...".

"Fellini," precisò la mamma.

Dopodiché lui fece un'altra domanda:

"Ma di' un po' una cosa, quando ti sei affacciato alla finestra, non ti sei stupito di trovare una città invece del solito paesaggio?".

9.

Louis aveva ragione. Ogni mattina, da sempre, quando apro le persiane sul Vercors, è un paesaggio quel che si offre ai miei occhi. E che paesaggio! Non una casa fino all'orizzonte, a nord come a sud. Solo l'incresparsi scuro dei boschi in lontananza, sui contrafforti della montagna, e intorno a noi il lento accerchiamento dei campi di grano. E poi l'esplosione delle nuvole, immensamente bianche nel cielo azzurro. Gli alberi che i miei genitori hanno piantato quand'ero bambino oggi sovrastano di molto la casa. Guardano dall'alto il passare delle generazioni. Gli alberi, il tronco setoso delle betulle, la chioma sontuosa dei faggi, gli abeti inclinati dal vento del Nord, i grappoli luminosi dei sorbi alla fine di agosto, tutti quegli alberi in tutto quel vuoto mi parlano da tutta la vita. Per quanto ricco di immaginazione, uno scrittore non inventa granché. La maggior parte delle mie trovate sono ricordi che si trasformano in storie... E quelle storie le scrivo qui, nel capanno che mio padre costruì tanto tempo fa per mia madre. È fatto di assi di legno. Come me si è imbiancato con gli anni. Ha resistito al freddo terribile degli inverni, al peso schiacciante della neve, alle piogge torrenziali delle primavere, alle estati sempre più infuocate e soprattutto al vento che qui soffia quasi tutto l'anno e che ha finito per dargli quella sua aria pendente.

Il vento ha soffiato via gli anni ma il capanno è sempre in piedi, e io dentro. C'è ancora tanto da raccontare…

Sul frontone del capanno mio padre ha dipinto il nome di mia madre e la data in cui l'ha costruito per lei. Louis e io all'epoca eravamo così piccoli che facevamo finta di aiutarlo.

10.

"Quindi non ti sei stupito di trovare una città al posto del nostro paesaggio?"

No, la sorpresa era l'inondazione di luce, le case che traboccavano, i muri gocciolanti, la brodaglia marmorizzata che scorreva per le strade, i cestini dell'immondizia trascinati dalla corrente, tutto quel movimento di luce morta in una città che non conoscevo e che pure mi era familiare.

"Potresti descrivercela?"

"Cosa?"

"La città."

Vollero che gliela descrivessi con la massima precisione. L'incrocio della chiesa, va bene, ma c'era davvero una chiesa a quell'incrocio? Sì. Che genere di chiesa? Con un campanile a punta, un campanile di pietra come quello delle chiese di montagna, e dietro c'era un cimitero, come nella chiesa di rue Bagnolet, a Parigi, oltre rue des Pyrénées...

"Come facevi a vederlo, il cimitero, se era dietro la chiesa?"

Lo indovinavo. Mi dicevo che l'inondazione aveva risparmiato le tombe passandoci intorno. Mi dicevo che se la colata di luce avesse invaso il cimitero, l'inondazione si sarebbe fermata. A creare il gran casino dell'incrocio era stata proprio la velocità che la colata aveva preso nelle vie in pendenza lungo il muro di cinta.

“I nomi delle vie?” domandò Louis.

Rue du Repos e rue de la Paix. E all’angolo tra rue de la Paix e la nostra via, un tabaccaio con l’insegna che lampeggiava.

“Il nome del tabaccaio?”

“Tabac de la Paix.”

Più loro mi facevano domande e più mi tornavano in mente particolari che sul momento non avevo notato.

“Forse tutte queste cose te le inventi adesso,” suggerì Louis.

Giurai di no, ma non era impossibile. In seguito, trascrivendo i miei sogni (li ho trascritti per tutta la vita a partire da quel giorno), mi sono reso conto che raccontare un sogno significa immaginarlo oltre che ricordarlo. Trasformare la sensazione in racconto. In senso stretto, costruire una storia. A volte capita addirittura che chi sogna sia talmente colpito da un dettaglio, mentre sta sognando, da pensare: domattina devo assolutamente ricordarmi di scrivere questa cosa!

“A proposito,” intervenne mio padre, “a casa di tua nonna non c’è mai stato un caminetto. Quindi niente lastra di marmo sul caminetto. Né tantomeno un san Sebastiano con la grande aureola.”

“Sei sicuro?”

“Com’è vero che tua nonna era mia madre! A Natale le scarpe non le lasciavamo davanti al caminetto, perché non c’era. Le mettevamo sotto l’albero.”*

“E non c’era neanche san Sebastiano?”

“Neanche san Sebastiano.”

* La tradizione natalizia in Francia prevedeva che i bambini lasciassero le scarpe davanti al caminetto perché Gesù Bambino o Babbo Natale posassero lì i regali. [*N.d.T.*]

11.

Quanto alla gita propriamente detta, non ho ricordi precisi. C'è da dire che durante l'infanzia ne abbiamo fatte talmente tante che un po' le confondo. La maggior parte dei miei ricordi, poi, hanno a che fare con Louis e sono quindi ad alto coefficiente avventuroso, sono cioè ricordi onirici: il giorno in cui Louis ha pescato con le mani le quattro trote del pranzo, il giorno in cui Louis si è infilato tutto intero nella tana di una marmotta e ne è uscito con la proprietaria fra le braccia sbraitando "La voglio adottare, questa bambinona" (otto punti di sutura, la bambinona non era d'accordo e aveva certi denti simili a rasoi), il giorno in cui Louis ha contrattato così bene con l'asino che portava le nostre cose che l'asino stesso se n'è tornato sua sponte dal noleggiatore in barba a noi, il giorno in cui Louis ha salvato una ragazzina bloccata dentro una grotta mentre i genitori, troppo voluminosi per entrarci, urlavano come pazzi, il giorno in cui la bici di Louis è stata fermata da un muretto e il mio amico ha fatto un altro pezzo di strada volando (scena che ho riprodotto in un Kamo), il giorno in cui Louis ha salvato un biancone ferito da una banda di corvi e per il resto delle vacanze si è trasformato in cacciatore di serpenti per nutrire il suo rapace, il giorno in cui Louis è sceso dalla parete del Mont Aiguille senza corda doppia…

Il giorno in cui Louis non venne…

Il giorno in cui ho passato per la prima volta le vacanze lontano dai genitori…

Il giorno in cui siamo diventati adulti…

Il giorno in cui siamo diventati vecchi…

E il giorno, cioè oggi, che scrivo queste pagine nel capanno pendente perché mia figlia Alice ha ritrovato il quaderno che mia madre mi aveva regalato al ritorno dalla gita per trascriverci i miei sogni.

12.

Quella notte peraltro ho sognato. È il primissimo sogno trascritto su quel primo quaderno. Mio padre doveva averci spiegato a grandi linee l'elettricità – tipo che è costituita da onde elettromagnetiche e che viaggia a trecentomila chilometri al secondo – perché ho passato parte della notte a inseguire Louis all'interno di un filo elettrico che faceva 365 volte il giro della terra, e correvamo così veloci (300.000 chilometri al secondo) che pian piano la terra si è illuminata e alla fine brillava come la lampadina di un lumino da notte in un firmamento senza stelle.

13.

Louis e io, insomma, siamo cresciuti, i nostri genitori sono morti, sono nati dei figli che a loro volta hanno avuto dei figli (sento le gemelle che bisticciano mentre scrivo queste righe nel capanno pendente). Per tutta la vita sono rimasto fedele alla casa del Vercors, diventata il punto di ritrovo della tribù e la cornice di alcuni miei romanzi.

Ogni volta che Louis viene a trovarci (capita sempre all'improvviso, e ogni volta è la stessa felice sorpresa), i bambini ci impongono un rituale: passare una notte insieme, lui e io, nella camera di quando eravamo piccoli, la stessa in cui chiacchieravamo all'inizio di questa storia, che è da sempre la camera dei bambini, oggi nella fattispecie quella di Mila e Nora. Passare una notte nella camera di quando eravamo piccoli per rendere possibile la nascita di un nuovo Kamo. È già successo: *L'agenzia Babel* e *L'evasione di Kamo* sono stati concepiti in quella stanza, a partire dalle nostre chiacchiere. Minimo una notte all'anno, quindi, è un ordine.

Datoci stasera dalle gemelle, all'ora e nei termini con cui di solito noi le spediamo a letto.

"Forza, vecchi, a nanna che è tardi!"

14.

Di cosa parlano i bambini nelle loro camerette? Dei genitori. Di cosa parlano i genitori? Dei bambini. Di cosa parlano i nonni? Della salute.

Argomento che Louis e io abbiamo fatto fuori in quattro e quattr'otto.

"Come ti va?"

"Bene. Un po' acciaccato, ma niente di guasto. E a te?"

"Potrebbe andar peggio."

Dopodiché siamo passati ad altro:

"Sto scrivendo un Kamo," dico.

Louis ha chiesto:

"Lo sanno, i bambini?".

"Non ancora."

"Meglio, così penseranno che è il frutto della nostra copulazione."

Dopodiché abbiamo parlato dei bambini in questione, delle mogli, degli uni e degli altri, di questo e di quello: Minne e la sua conquista del Giappone medico, Charlotte e la politica culturale di Marsiglia, Vincent e il diritto dell'immigrazione, l'incontro di Christofo con una certa Corentine alquanto apprezzata dalla tribù, quello di Carole con un disegnatore dall'occhio fino in una faccia tonda, Kahina e la vitalità delle sue gemelle, l'epopea cinese di Gil, Loïc e la creazione della sua casa di riposo, Manue e le sue tournées teatrali, Kyoko e la sua relazione con Maupassant, Alex e la sua omosessualità finalmente accettata, Rolf sempre diviso tra il Québec, l'India e il Messico, la musica di Alice, di cui Louis e io seguivamo con passione le ricerche strumentali, Anna che legge sempre di più e sempre di più ci illumina, e le domande alquanto dirette di Lulle che poco prima ha chiesto a me e Louis che effetto ci faceva invecchiare:

"Che effetto vi fa, a voi vecchi?".

Da quando ha imparato a parlare, Lulle ha intrapreso certe indagini pacate e tenaci sulla vita. La sua perseveranza esplorativa mi piace molto.

Gli ho chiesto:

"Che effetto ci fa, cosa?".

"Invecchiare."

Invecchiare? Che significa invecchiare...

Ha risposto per primo Louis:

"Significa sentire gli anni passare come settimane, mentre per te le settimane sono anni".

E io ho risposto:

"Significa percepire il peso del cielo".

"Una risposta da iperattivo e una da contemplativo," ha commentato Alice.

"Oppure un'intuizione da matematico e un enunciato da fisico," ha suggerito Christofo. "Da un lato il passaggio del tempo vissuto come progressione logaritmica, dall'altro l'usura fisica avvertita come un accentuarsi della gravità."

È stato allora che le gemelle sono sbucate dalla cucina con l'autorità di un'unica, minuscola madre futura:

"Forza vecchi, a nanna che è tardi!".

15.

Una volta passata al vaglio la tribù, Louis ha cambiato argomento:

"Allora, di cosa parla questo nuovo Kamo?".

"Sai quell'inondazione di luce, quando eravamo bambini?"

No, Louis non sapeva. Non ricordava. Se l'era dimenticato, quel mio primo sogno omologato. Fra le nostre tante discussioni notturne, questa storia della luce liquida non gli diceva più niente. In compenso si ricordava dell'allusione di mia madre a Fellini, quando mi aveva suggerito di trascrivere i sogni:

"Quanto le piaceva il suo Fellini," disse. "Tuo padre non faceva una piega, ma in realtà era orgogliosissimo... Lui (Federico) apprezzava i disegni di tua madre, i suoi disegni di modista, i suoi vestiti e i suoi cappelli. Le aveva buttato lì una frase del tipo: 'I suoi cappelli sembrano immaginare i volti e i vestiti fanno pensare ai corpi dei miei sogni'. Era l'epoca in cui lei aveva deciso di vestire con un po' di gusto le signore grasse."

Louis è sempre stato la mia memoria vivente riguardo all'infanzia. Mi disse anche, quella sera, che aveva un gran bel ricordo della gita alla centrale idroelettrica.

"È stata la volta che tuo padre ci ha insegnato a fare immersione, ti ricordi? Un ottimo modo per liberarsi dalla legge di gravità, peraltro."

Certo… nuotare sott'acqua… Avevo conservato, vivissimo, il ricordo della sensazione: la scomparsa della gravità quando mio padre mi aveva fatto fare la capovolta all'indietro con tanto di bombole e muta, spalle al lago e pinne in aria ("Come i sub professionisti, figliolo!"). Sott'acqua non pesavo più niente. Fluttuavo. Era una sensazione nuova e insieme molto antica, come se scoprissi che fluttuare era nella mia natura mentre camminare era una necessità accidentale se non un pregiudizio della specie.

"Eppure," dissi a Louis, "poi di immersioni non ne ho quasi più fatte. Una o due, forse."

"Sei sempre stato così, tu. Di una sensazione hai sempre coltivato più il ricordo che la sua ripetizione. È quel che fa di te uno scrittore, presumo. Io invece devo ridarci dentro ogni giorno."

Il sonno cominciava a rendergli la voce impastata.

"Comunque sia," disse ancora, "il cielo ti risulterebbe meno pesante, se vivessi sott'acqua…"

È stato in quel momento che è nato il progetto:

"Senti un po', e se ci andassimo domani?" ha proposto Louis. "Senza i bambini. Dai, si va! Torniamo alla grande diga. Cinquant'anni dopo, ti rendi conto? Ci andiamo io e te, noleggiamo l'attrezzatura, muta, pinne, bombole, e ci liberiamo della gravità…"

Come sempre con Louis, detto fatto.

3.
La scena

Avvicino lo sguardo, e veramente c'è scritto qualcosa: "Be careful!". (...) Ma a chi o a cosa devo stare attento?

Federico Fellini, "Il Grifo", n. 9, 1991, p. 12

16.

Il posto, certo, era molto cambiato dalla nostra infanzia. Supercostruito, adesso. Alberghi, piscine, pontili, sci nautico, e intorno alle sponde cinte dalle montagne, un doppio nastro di asfalto.

"Quando eravamo piccoli era una mulattiera," dichiarò Louis.

Oggi il bacino d'acqua era un grande lago, la centrale idrolettrica in disuso era diventata un ristorante affacciato sul suddetto lago e la diga una spianata di legno, ampia curva disseminata di trampolini dove andavano su e giù giovani corpi rigorosamente tatuati. Peraltro, era un po' che non li vedevo nudi, i corpi dei giovani. Toh, mi dissi, bisogna che segnali a Lulle questo effetto dell'invecchiamento: non sapere più che aspetto ha il corpo dei giovani! E devo anche chiedergli il perché di quei tatuaggi. Tutti tatuati come un sol corpo. Da dove viene un così uniforme desiderio di singolarità?

In fondo ho passato la vita a interrogare gli altri: chiedere ai miei genitori il nome delle cose, delle piante e degli animali, chiedere un po' di senso ai libri e chiedere agli ultimi nati il perché delle loro abitudini...

17.

Tutti pensieri che svanirono mentre l'acqua si scaldava tra la mia pelle e la muta da sub. Uno schiaffo freddo, poi la sensazione di portare l'intero lago alla mia temperatura. Era proprio quello che avevo sentito la prima volta, con mio padre: la sberla gelida del lago, poi la conquista di un assoluto piacere amniotico, e con esso la possibilità di muovermi in qualunque dimensione. Liberato dalla gravità, niente meno! Come ho fatto a privarmi per tutta la vita di questa beatitudine? Come ho fatto a rinunciare al corpo di un angelo per conservarne soltanto il ricordo? Poiché nell'eternità dell'acqua il nuotatore non si muove né come un pesce né come un uccello, ma come un angelo... La sorpresa di non pesare più niente! Ritrovare il mio corpo ideale! E poi l'annullamento della durata. Oh, l'eternità degli abissi! Ho preso a giocare come un bambino: rincorrevo le bolle, mi afferravo le caviglie, facevo capriole e piroette, come la prima volta. Louis mi guardava picchiandosi l'indice sulla fronte. Credo che ridesse. Per sorridergli mi sono tolto la maschera, come si fa sempre durante le immersioni quando si vuole svuotarla dell'acqua, e mi sono accorto che anche quel gesto non me l'ero dimenticato. Non ho dimenticato niente, pensavo, niente di ciò che avrebbe fatto di me un sub se avessi passato la vita a fare immersioni. I gesti ci sono tutti, gli automatismi ritrovati subito con la naturalezza con cui potrei inforcare una bicicletta. Spontaneità assoluta. Libertà dell'angelo. Eterna assenza di gravità. Addio al peso degli anni. Ritorno all'inesauribile energia dell'infanzia! Avrei potuto farli durare in eterno, quei giochi, se Louis non mi avesse dato un colpetto sulla spalla facendomi segno di seguirlo. E a quel punto davvero ci siamo immersi.

18.

Non mi sono chiesto fino a che profondità mi avrebbe trascinato il mio vecchio amico né se, risalendo, sarei stato ancora in grado di rispettare le tappe di decompressione. Mi sono immerso come se non ci fosse più fondo né superficie, mi sono immerso nel mio elemento, come se vivessi ormai nel colore e nella compagnia obliqua della luce. Seguivo Louis sott'acqua come non ero mai riuscito a seguirlo nella nostra tumultuosa giovinezza. Non erano i muscoli a spingermi, ma il semplice desiderio di essere, di essere totalmente lì, nel mio elemento ritrovato, senza età e senza un progetto, come i pesci che di me non avevano alcuna paura, i banchi di cavedani che accompagnavo, quella carpa immobile che avrei potuto prendere fra le braccia... Non essere nient'altro che la sensazione di essere, e crogiolarmi in queste formule compiaciute, come se scrivessi sott'acqua, senza penna, senza foglio, con parole solubili.

Ero preso da queste mie divagazioni sottomarine quando Louis mi indicò qualcosa.

Il suo dito insisteva.

19.

Era una superficie grigia, che riluceva appena ai raggi sommersi del sole. Sulle prime non capivo cosa fosse. A colpirmi era soprattutto la sua immobilità (l'immobilità delle cose sommerse...). Mentre Louis proseguiva la sua esplorazione immergendosi ancora più in profondità, mi sono avvicinato, ho posato la mano, ed era ardesia; una grossa lastra di ardesia su un tetto che si allargava verso il basso e si assottigliava verso l'alto. Mi ci volle qualche secondo per capire cosa avevo sotto gli occhi; era talmente strano trovare una cosa del genere sott'acqua! Il tetto di una chiesa... Un campanile! E, in cima, una croce intorno a cui era ancora avvolto il cavo arrugginito di un parafulmine. Mi sono lasciato risalire, riempiendomi d'aria per riprendere quota, con i polmoni che ritrovavano istintivamente la loro funzione di zavorra.

Appena qualche metro sopra la croce (due o tre al massimo) luccicava la superficie del lago, la fine dell'acqua, il coperchio del cielo. Giovani tatuati girellavano intorno al campanile. Si immergevano come siluri e i loro corpi spumeggianti tornavano a galla come tappi di sughero. Li immaginavo schizzare fuori dall'acqua spinti dall'energia della giovinezza, pronti poi a rituffarsi subito. Altri, che come me avevano le bombole, entrarono come me nella chiesa dalle aperture del campanile notando come me che le campane non c'erano più, e volteggiarono come me in una stretta scala a chiocciola la cui porta coperta di alghe ci espulse nell'ampio volume di una navata senza altare né pulpito. A ripensarci oggi, passato il primo momento di stupore, quel che davvero mi sorprese non fu tanto nuotare in una chiesa sommersa (in fondo, non puoi costruire una grande diga senza rompere le uova) quanto il fatto che i tatuati facessero le foto! Con i cellulari! Che per quella diga fosse stata sacrificata una delle tante chiese di cui il XIX secolo ha disseminato la Francia (e con la chiesa forse anche il villaggio annesso) mi sorprendeva meno della scoperta del tatuaggio universale e del telefono stagno. Eccola qui la vecchiaia. Nonostante tutta la nostra esperienza, noi vecchi – come direbbe Lulle – continuiamo a non essere padroni dei nostri stupori.

Ho nuotato verso il portale dove mi aspettava Louis e ci siamo ritrovati sul piazzale della chiesa.

20.

Se non fosse che il campanile non era di pietra, come credevo, ma di ardesia, quella era esattamente la chiesa del sogno che avevo fatto da bambino, con le due stradine in salita ai lati e il sagrato che dava su un piazzale dove spiccava ancora lo scheletro di un lampione con il collo piegato.

Perché mai il ricordo dei sogni perdura in me così a lungo, mentre nella vita da sveglio non mi ricordo niente? Nomi, facce, indirizzi, appuntamenti, compleanni, numeri di telefono, codici di questo e di quello, titoli di romanzi o di film, avvenimenti privati o pubblici, documentazione per i miei libri, progetti e incontri, da sempre dimentico tutto ciò che può essermi utile, mentre restano costantemente a disposizione della mia memoria i sogni più remoti. Smemorato dalla nascita, faccio sogni inossidabili. A ricordarmeli basta un niente (benché non si possa forse definire 'un niente' una chiesa sommersa sotto un lago di montagna). Convocati da un dettaglio, i sogni mi tornano in mente con la caparbietà di quelle tappezzerie dell'infanzia che non riusciamo a staccare dalla memoria.

Louis mi fece segno di seguirlo. Doveva mostrarmi qualcosa. Nuotai verso di lui in mezzo ai giovani tatuati che gironzolavano intorno alla chiesa con piccoli colpi di pinne, la schiena leggermente inarcata, le braccia lungo i corpi perfetti. Spesso erano coppie di innamorati. Lui che indicava una cosa a lei. Lei che con una brusca accelerazione trascinava lui verso qualcos'altro. L'attenzione si fissava solo qualche secondo sull'oggetto della loro curiosità; immobili e vivaci come pesci, di colpo cambiavano direzione, in cerca di un nuovo oggetto di stupore. Sembrava che giocassero a guardare.

Quando ebbi raggiunto Louis, mi mostrò la targa della via da cui aveva grattato lo strato di alghe. Rue du Repos, proprio così. E dall'altro lato della chiesa, c'era da scommetterci, rue de la Paix. E lungo le due stradine in pendenza, il muro del cimitero, e nel cimitero le tombe vuote, con la lapide posata accanto alla fossa. Hanno trasferito i loro morti prima di sommergere il villaggio, mi dissi. I morti sono gli unici scampati a questo naufragio.

21.

Ne conclusi che Louis mi aveva mentito. Il sogno che avevo fatto da bambino se lo ricordava benissimo, e non mi aveva portato lì per caso. Conosceva l'esistenza di quel paese sommerso. Aveva preparato tutto con largo anticipo, aveva scelto il giorno, noleggiato l'attrezzatura, prenotato l'ora dell'immersione… Tipico di Louis. Per lui il bello della vita stava tutto nella sorpresa. E non poteva trovare modo migliore per lasciarmi a bocca aperta che facendomi immergere da sveglio nella scena reale di un sogno che avevo fatto quando eravamo bambini. Regalandomi, a mezzo secolo di distanza, quel paesino sacrificato alle esigenze dell'elettricità di montagna e trasformato in una Disneyland sottomarina. Incanto assicurato.

Il che, mi dissi anche, non impedirà a Louis, una volta usciti dall'acqua, di imprecare contro la nostra civiltà mortifera che si ostina a celebrare le tappe della sua estinzione. Conoscevo i suoi discorsi sull'argomento: "La maggior parte dei nostri svaghi consiste nel guardarci morire. Sommergo un intero paese e ci costruisco un parco dei divertimenti, mando in malora il clima e ne faccio un bel filmone catastrofico, ovunque la guerra è la grande fucina della fiction, ci cuciniamo le nostre stesse budella in salsa *entertainment*, il tutto ovviamente in nome della memoria e dell'urgenza di verità.

Ah, la nostra sacra memoria! Ah, la nostra imperiosa urgenza di verità!".

Inutile opporgli la scoperta degli antibiotici, la fine delle grandi epidemie, la crescita demografica, la sconfitta della fame per quasi tutti e il considerevole allungamento della vita:

"Ottimo! Saremo una marea di vecchi che creperanno con la pancia piena. Benissimo!".

Era il classico discorso che ci faceva quando era esausto.

22.

E mio padre, in tutto ciò? Sapeva del paese sommerso quando aveva organizzato la “supergita”? E allora perché non ci aveva fatto immergere sopra il campanile, come fanno oggi i giovani tatuati? Forse ci aveva ripensato all’ultimo momento? Aveva temuto un incidente, non essendo allora il luogo predisposto per lo svago di massa? Aveva chiesto il parere di mia madre? In fondo era la nostra prima immersione. Troppo pericoloso? Un’altra volta, magari? A meno che, ignorando l’ubicazione esatta del paese sommerso (con ogni probabilità, per trovarlo aveva consultato una vecchia cartina stradale), non ci avesse fatto immergere troppo lontano... E invano avevamo cercato l’Atlantide, lui nei panni del pesce pilota e noi in qualità di novellame al seguito...

23.

Però, però, se i miei genitori sapevano dove mi portavano, cos'avevano pensato di me mentre gli raccontavo il mio sogno? Mi avevano ascoltato in silenzio. Per tutto il viaggio, di comune e tacito accordo, avevano mantenuto segreta la destinazione. Ma cosa pensavano del mio sogno? Questo bambino è una pizia? Abbiamo messo al mondo un figlio premonitore? Il paesino dove eravamo diretti, infatti, era stato realmente sommerso dalla luce liquida! E proprio da uno tsunami di luce morta scappava la moltitudine di auto cieche e stracariche del mio sogno! Un sogno premonitore di grande portata metaforica, ecco cosa raccontava il figlio mentre lo portavano nel luogo stesso in cui si era svolto il sogno in questione. Se quella mattina non mi hanno considerato un genio, di sicuro però avranno dovuto riconoscere che ero un bel fenomeno! Il re dei sognatori! Non sarebbe il caso di parlarne a Fellini? Che ne pensi, tesoro? Non credi che dovremmo presentare il bambino a Federico? Tanto più se è destinato a diventare uno scrittore! Federico è un uomo cordiale e diretto, lo prenderà sotto la sua ala, lo saprà indirizzare, nel suo modo bonario e sorridente... E poi lui di sogni se ne intende. Non solo trascrive e disegna tutti quelli che fa, ma ne parla anche con il professor Bernhardt. Federico non è un sognatore della domenica, lui lo sa che il sogno è la vita. Sì, certo, hai ragione, però no, non stiamo a disturbare Fellini con il bambino. C'è già tanta di quella gente che lo tempesta di richieste. T'immagini la quantità di persone che lo assillano? Qualunque fan di Fellini sogna di incontrare Federico. Lasciamolo in pace, dai. Hai già avuto la fortuna inaudita di lavorare per lui... Lasciamo che le cose vadano per il loro verso. Più avanti, magari. Se il bambino conferma le sue doti...

Morale, non ho mai incontrato Federico Fellini, il mio regista preferito. Ho visto tutti i suoi film, certo, un'infinità di volte, ma incontrato mai. Il giorno in cui ho saputo della sua morte ho provato uno strano senso di colpa. Come il rimorso che deve sentire un predone. Un po' come se Fellini mi avesse aperto la caverna favolosa delle sue immagini e io poi l'avessi dimenticato quando aveva smesso di fare film e quindi di incantarmi. Godere e tradire, ecco cosa avevo fatto. Ma no! E invece sì! Ma no, ti dico. Ricordati che tua madre non ti ha mai presentato a Fellini. Non l'hai mai conosciuto. Non hai alcun motivo di girare intorno al suo sudario come Giuda intorno al Golgota!

24.

E infatti un accesso di malinconia accompagnava ora il mio giro subacqueo con Louis. Avrei potuto conoscere Federico Fellini! Avrei potuto assistere alla metamorfosi dei suoi sogni in film. Avrei potuto sguazzare nelle acque multicolori di Cinecittà. Nuotare nel famoso Studio 5 con il sorriso scettico e un po' sonnacchioso di Mastroianni... verso Anita Ekberg la procace medusa... verso Magali Noël l'innocua murena... infilarmi come un'anguilla fra i seni di Maria Antonietta Beluzzi, la strepitosa tabaccaia di *Amarcord*. Avrei potuto rincuorare Federico quando non girava più film... E soprattutto quando non sognava più, cosa che gli accadde verso la fine della vita, a causa dell'età (quella che ho io oggi) e dei sonniferi. Ecco cosa avrei potuto fare, se solo mia madre mi avesse presentato a Federico Fellini!

E invece, mi dicevo, sto qui a fare il pesce in un aquario per turisti dove, ci metterei la mano sul fuoco, nessuno dei giovani tatuati che ci circondano sa chi era Federico Fellini, e nemmeno che è esistito.

"Lulle, mio piccolo Lulle, detto proprio fra noi, invecchiare significa rendersi conto che nessuno conosce più Federico Fellini."

"E significa anche non conoscere i nomi dei giovani registi di oggi," ribatterà Lulle con il suo senso innato della simmetria.

25.

Poi ho provato un desiderio la cui soddisfazione ha messo fine alla nostra passeggiata subacquea. Una fine brutale, devo dire. Il desiderio di appagare la mia curiosità *fino in fondo.* Louis mi ha fatto proprio un gran regalo, penso. Non è dato a tutti di visitare la scena di un proprio sogno, di immergersi da svegli nella *realtà del sogno*. Il minimo che posso fare è approfittare dell'occasione per portare il mio contributo all'onirologia. Dal momento che oggi le circostanze mi mostrano la sua parte di realtà, vediamo un po' di cos'era fatto quel sogno infantile. Vediamo. Approfondiamo. Esaminiamo i dettagli. Con la meticolosità del poliziotto sul luogo del delitto. Cominciamo da una scrupolosa autopsia della scena:

Rue du Repos e rue de la Paix, ecco, le vie qui hanno in effetti gli stessi nomi che avevano nel mio sogno. Benissimo.

Sono molto ripide e sbucano sul piazzale della chiesa, certo.

La chiesa è addossata al cimitero, perfetto.

L'inondazione ha risparmiato i morti, è vero.

Al centro del piazzale, il lampione. Esatto.

Il collo piegato, infatti.

Da bambino, insomma, ho sognato l'inondazione di un paesino che esisteva davvero (e che peraltro scambiavo per una città), di cui Louis mi offre la visita oggi che siamo vecchi, questo per restare ai fatti. Come poi tali fatti siano stati resi possibili, lo vedremo più avanti. Per ora guardiamo, guardiamo.

Tale era il mio atteggiamento mentale.

Ho lasciato che Louis se ne andasse per conto suo e sono sceso lungo rue de la Paix fino al tabaccaio all'angolo. Dico sono sceso, ma in realtà era la via che scendeva. Io ho nuotato dritto verso l'insegna, come chi tirasse una riga nel cielo. Non c'era alcun dubbio, era proprio il tabac de la Paix, con la sua insegna rossa a forma di carota che lampeggiava nel mio sogno. Della carota, ovviamente, più nessuna traccia. Restava solo un'asta di ferro malconcio fissata al muro. Una bambina in costume fluo e pinne lampeggianti giocava ad attorcigliarsi come un'anguilla intorno a quell'asta arrugginita. Rischia di graffiarsi, penso. Bisognerebbe avvolgere quei resti di metallo con del polistirolo o una qualche schiuma sintetica in grado di resistere al tempo e all'acqua. Altrimenti va a finire che qualcuno si fa male, e poi ci scappa una denuncia. A Vincent toccherà difendere la ragazzina o l'azienda turistica che gestisce il sito. Un po' di polistirolo, per la miseria! Anche il parafulmine della chiesa, peraltro, è pericoloso. Prima o poi un giovane tatuato ci si infilza. Un giorno o l'altro succede. Sicuro. Semplice questione di probabilità, direbbe Christofo. È un miracolo che non sia già successo. Uno di questi giorni un ragazzino si immergerà un po' troppo in profondità e zac. (Toh, la nostra lingua non possiede un'onomatopea per l'impalamento.)

Ero intento a queste riflessioni quando ho notato, dall'altro lato della strada, la finestra aperta da cui nel mio sogno di bambino ero uscito da casa nostra. (La quale, come sappiamo, non era casa nostra, così come questa via non era la nostra via, né questo paesino il nostro paese.) Riconosco questa scena sommersa senza averla mai vista, mi dico, ecco qual è la situazione. E la suddetta situazione – la finestra aperta sul marciapiede di fronte, al pianterreno di una casa che più reale non si può – mi mette addosso una curiosità pazzesca. Mai provato un tale desiderio di sapere. Un tale bisogno di verificare. Un'inarrivabile esigenza di verità. Entrare *per davvero* nella casa del mio sogno! Dalla finestra da cui sono uscito più di cinquant'anni fa! Chi ha mai provato una simile tentazione? Chi saprebbe resistervi? È la curiosità del bambino in procinto di nascere! È l'improvviso sollievo del moribondo la cui porta si spalanca di colpo sulla luce! Questo era il mio stato d'animo di fronte a quella finestra aperta. Di sfuggita, mi sono chiesto che musica comporrebbe Alice se in un film dovesse accompagnare un momento del genere. Poi mi sono fiondato verso la finestra dei miei genitori, aspirato dalla curiosità.

26.

Non mi aspettavo certo di trovare il letto fatto, le tende che svolazzavano nell'aria notturna o le vestaglie appese all'attaccapanni. La stanza ovviamente era vuota. Il vuoto saturo delle stanze sommerse. Tuttavia *ero lì*. Ed era proprio la camera da letto dei miei genitori. Non avevo alcun dubbio. Rimasi sospeso fra quelle quattro pareti, immobile come un ricordo, il cuore in preda all'atroce dolore dell'assenza. Mi sfuggì un singhiozzo, una bolla di magone che esplodendo confuse per un attimo i contorni delle cose. Poi feci lo sforzo di entrare nella stanza accanto. Era il soggiorno. Vuoto anch'esso. Eccezion fatta per la carcassa di un televisore divorata da alghe fluttuanti. Il ricordo più vivido però era altrove. In fondo al soggiorno c'era la scala dove avevo visto la colata di miele e d'oro trascinare l'attrezzatura della gita. E, in cima alla scala, il pianerottolo su cui si affacciava la porta della nostra camera da letto. Chiusa. Un invito ad aprirla. Come in un film dell'orrore. (Sarebbe un buon soggetto per una tesi: le scale inquietanti dei film dell'orrore… Invitare lo spettatore a salire le scale e ad aprire con il cuore in gola la porta della sua infanzia.) Le scale non le ho salite, mi sono riempito i polmoni per arrivare senza neppure un movimento all'altezza del pianerottolo. Nuoto nella scena del mio sogno, pensavo avvicinandomi alla porta. *Tocco* il mio sogno, pensai afferrando la maniglia:

Che poi girai.

Fu quel gesto a mettere bruscamente fine alla nostra gita subacquea.

27.

Nella camera da letto, infatti, ho trovato Louis. Ma un Louis di undici anni. Mi mostrava una moneta da un franco.

Ho urlato:

“Non farlo!”.

Troppo tardi. Aveva infilato la moneta in un diffusore di luce. L’aureola del san Sebastiano posato sul caminetto di marmo si illuminò come la coda di un pavone che si apre, e tutta la stanza fu inondata di luce.

A quel punto ho gridato:

“Ma sei proprio scemo, cazzo! Mia nonna non ce l’ha, il caminetto! E nemmeno il san Sebastiano. Che palla che sei, porca merda! Hai mandato tutto in vacca!”.

Frase urlata singhiozzando come un disperato.

4.

Federico Fellini
Il libro dei sogni

"Se guardi bene in queste pagine, ci troverai tutta la mia arte, tutto il mio cinema."

Federico Fellini a Vincenzo Mollica, *Il libro dei sogni*

28.

Se uno dei miei ex allievi si imbatte in queste pagine, ha tutto il diritto di dirmene quattro.

"Ma come, prof, il trucchetto del sogno! Due volte nello stesso libro! Proprio lei! Che ci proibiva sempre quel sotterfugio quando ci dettava i titoli dei temi: 'E guai a voi se cercate di cavarvela con la trovata del sogno, eh! Non provate a filarvela da quella porta lì, che dietro ci sono io con un bel randello!'."

È vero, è vero, avete ragione, sì, su questo vi ho fatto una testa così. Quante volte vi ho ripetuto:

"Non è un sogno, non sono i marziani, non è né un'allucinazione né una magia, non siete sotto ipnosi, né tantomeno ubriachi fradici, voglio leggere compiti fantasiosi e lucidi, mi sono spiegato? Smazzatevi la realtà! Che basta e avanza, comunque, la realtà!".

Che ci volete fare, però? Questi due sogni sono veri. Li ho fatti entrambi. Con gli stessi protagonisti. A decenni di distanza, con il secondo che si presentava come un'analisi del primo. Come non *credere* a un sogno analitico? Come sospettare anche un solo istante che tu stia di nuovo sognando?

Da ciò l'urlo di rabbia che secondo Louis ho cacciato svegliandomi.

Si era rannicchiato all'estremità del suo letto.

“Cazzo, pensavo che mi saltassi addosso!”

Quella gita con tanto di immersione non c’era mai stata. Nemmeno la proposta di farla. Eravamo due vecchi rincoglioniti svegliatisi nei loro letti gemelli. Neanche i nostri pigiami erano un gran bel vedere. Ho aperto la finestra per arieggiare un po’ la stanza.

“Quanto alla diga,” mi disse Louis, “ci sono passato l’anno scorso ed è sempre uguale. Il solito obbrobrio di cemento, con quella massa grigiastra che incombe su un paesaggio di sponde melmose. Un posto squallidissimo. Dovrei proprio volerti male per invitarti a fare un’immersione là dentro. Su quel lago galleggiano pesci morti.”

Intanto che mi calmavo, la casa si svegliò. Profumo di caffè e di pane tostato. Tintinnio di tazze e piatti.

Per giunta qualcuno bussava alla nostra porta. Erano le gemelle.

“In piedi, vecchi, che è tardi.”

E poi giù di corsa per le scale ridendo.

29.

“Hai scritto un Kamo, Nonnix?”

Mila e Nora me lo chiesero appena fui seduto davanti alla mia tazza. Una domanda da sindacaliste. Si sentivano delegate dagli altri bambini.

“Un libro non si scrive in una notte,” risposi.

“Ohi, ohi, il nonno è di cattivo umore,” constatò Vincent.

“Ha fatto un sogno,” disse Louis.

“Era un po’ che non ti capitava,” osservò Minne.

“Negli ultimi anni della sua vita Fellini non girava più e si lamentava di aver smesso di sognare,” dissi.

Questa affermazione perentoria mi permise di bere il primo sorso di caffè.

Alice domandò:

“E com’era questo sogno così divertente?”.

Ne feci un breve riassunto.

“E finisce così?” chiese Fanchon.

“Sono stato io a mandare tutto in vacca accendendo l’aureola di san Sebastiano,” disse Louis.

“Sei sempre il solito,” concluse Christofo.

30.

Maledetti sogni... Se almeno riuscissimo a dominare le impressioni che ci lasciano. Quella mattina avrei potuto coinvolgere allegramente tutti nel racconto del mio turismo subacqueo, abbellire un po' le cose come faccio di solito quando descrivo i miei sogni, dando per esempio a ciascuno una parte: Ti ho visto, Lulle, sulla spiaggia della diga! Facevi lo sbruffone sul trampolino e le ragazze cascavano come pere cotte. C'è da dire che con quei tatuaggi da rugbista maori facevi proprio un figurone. Mila e Nora, vi ho viste anche voi con le vostre piccole pinne e le vostre bombole enormi. Facevate delle foto nella chiesa sommersa. E quella aggrappata all'insegna del tabaccaio eri tu, Anna, vero? Sei proprio una testona, sai. Quante volte bisogna dirtelo che devi stare attenta al ferro arrugginito quando fai le immersioni?

Ma quella mattina non ero proprio in vena. Dell'intera epopea onirica – l'inondazione di luce, l'esplorazione del paese sommerso, il ritorno nella casa passando dalla finestra di quando ero piccolo – mi restava solo una profonda e silenziosa tristezza, una sensazione assolutamente spiazzante e ben difficile da definire. Quando ci riuscii, rimasi ammutolito dalla pena: *Fellini non poteva più sognare.* Era proprio questo il succo del mio sogno. L'impressione dominante. Federico Fellini era morto perché non poteva più sognare. Questo ristagnava nelle mie acque, da cui non potevo riemergere. Impossibile tornare a galla sotto il peso di un simile dolore. Quell'uomo per cui il sogno era stato la vita stessa era morto perché non poteva più sognare.

31.

Più tardi, quel giorno (eravamo tutti e due a tirare con l'arco nel fienile), Lulle mi chiese:

"Chi era, questo Fellini?"

"Il mio regista preferito."

"Sì, ma chi era?"

32.

Federico Fellini era un regista italiano conosciuto in tutto il mondo per il quale vostra bisnonna ha lavorato un po' negli anni sessanta. Quando ero piccolo dormivo sotto uno dei suoi sogni che lei aveva appeso sopra il mio letto.

Per trent'anni Fellini ha disegnato e dipinto tutti i suoi sogni. Poi li ha raccolti in un grosso libro: *Il libro dei sogni* (che in francese è stato tradotto come *Il libro dei miei sogni*). È lì nella libreria. Lulle, ce lo porti, per favore? Occhio che è pesante.

"Grazie. Vedete, Fellini disegnava i suoi sogni appena sveglio. Li colorava con quello che aveva sotto mano: matite, tempere, acquarelli, biro, pennarelli, inchiostro che stendeva direttamente con le dita, gli andava bene qualsiasi cosa. Dopo averli colorati, li raccontava per iscritto negli spazi lasciati liberi dal disegno. Così tutte le pagine sono sature di immagini e di righe che si compenetrano, vedete? La sua grafia minuta, dritta, rapida, riempie tutti i vuoti, come le nostre sensazioni intorno alle immagini prodotte dai sogni. (I nostri sogni sono pieni come un uovo, ci avete fatto caso? Immagini e sensazioni riempiono tutto. Non c'è spazio per il vuoto. In un sogno non c'è spazio per perdersi nei sogni.)

Guardate qui, la grafia è inclinata, segno che scrive più in fretta. Ha premura. Forse ha qualcosa di urgente da fare.

‘Signor Fellini, posso parlarle?’
‘Federico, abbiamo bisogno di te!’
‘Maestro, venga a vedere!’
‘Federico, allora, quante comparse prendiamo per la sequenza della barca? Ieri avevi cambiato idea!’
‘Signor Fellini, sono arrivati i costumi, vuole venire a dare un’occhiata?’
‘Maestro, ci sono i francesi al telefono, cosa gli dico?’
‘Federico, davvero, ci sono qui le comparse, cosa ne facciamo?’
Tutti lo chiamano, il tempo stringe, la penna corre. Guardate come la velocità rende la sua grafia sempre più inclinata sulla carta. È mattina presto, siamo a Roma, in via Tuscolana. Lo Studio 5 di Cinecittà brulica già come un alveare…
‘Dov’è Federico?’
‘È seduto là, sotto la gru, che trascrive il suo ultimo sogno. Ha chiesto il libro mastro della produzione per disegnarlo.’”

33.

Lo Studio 5 di Cinecittà era la vera casa di Fellini. Era il suo cranio. Era lo spazio dove le immagini dei suoi sogni germogliavano e si trasformavano in film. Lì ha girato i miei film preferiti: *La dolce vita*, *8½*, *Roma*, *Intervista*, *E la nave va*. E *Amarcord*, soprattutto, che in dialetto romagnolo significa *Mi ricordo*: *A m'arcord*, io mi ricordo. L'ho visto tante di quelle volte, quel film, che in effetti mi ricordo ogni inquadratura. L'ho persino sognato!

Il set dove girava assomigliava alle pagine su cui disegnava; poteva succedere qualsiasi cosa. Faceva piovere l'acqua dei temporali, frangersi le onde degli oceani, barrire mandrie di elefanti. Vedevi navigare transatlantici, corazzate che colavano a picco, soli che tramontavano e lune che sorgevano. Lì tracciava i canali di Venezia e faceva esplodere i fuochi d'artificio. Tavolate di romani chiassosi mangiavano la pasta all'aperto, sotto balconi che non erano mai vuoti. Era questo lo Studio 5. Lì, per girare *Amarcord*, aveva ricostruito la città della sua infanzia, Rimini. Allora lo Studio 5 si era popolato di tutti i volti della sua prima memoria.

Fellini era un uomo popolato.

La maggior parte dei suoi personaggi lo abitavano prima ancora che girasse i suoi film. Li sognava e li disegnava sul

Libro dei sogni, oppure li immaginava e ne faceva uno schizzo sull'angolo di una tovaglia: bastavano tre tratti di matita e veniva fuori qualcuno. Quel qualcuno, quella figura uscita dalla sua testa, lui poi lo cercava nella vita vera per farne un personaggio.

Perciò, prima di cominciare le riprese, faceva sempre pubblicare questo annuncio sui giornali: *Federico Fellini è disposto a ricevere chiunque voglia incontrarlo.* Ed ecco allora piombare nello Studio 5 di Cinecittà la folla di quelli che dal canto loro sognavano di diventare un'immagine felliniana e gli avevano già spedito quasi tutti lettere piene di speranza e di fotografie: le donne dalle ampie forme, i giovanotti vistosamente indolenti, i paparazzi sovreccitati, i clown musicali, le mamme-gnocchi, i bambini turbolenti e i papà che si mangiano il cappello, i gagà impomatati, i barboni urlanti, le *femmes fatales* e gli scemi del villaggio, i tipi dei produttori ansiosi, dei pedagoghi ridicoli e degli ecclesiastici intorpiditi... Tutti si accalcavano alle porte dello Studio 5 dove sapevano che Federico Fellini cercava il miracolo dell'incarnazione.

Ogni tanto accadeva il miracolo. Fellini aveva immaginato un personaggio ed ecco che la persona era lì! Davanti a lui! Incarnazione. Alleluia! All'occorrenza aggiungeva una verruca su una fronte o metteva un foruncolo su un naso: Benvenuti, cittadini dei miei film! Benvenuti ne *La strada*, ne *I vitelloni*, in *Roma*, in *Amarcord*, in *8½* e in *Intervista*! Benvenuti! Benvenuti!

Se i cittadini non sapevano parlare o non riuscivano proprio a imparare la parte, nessun problema:

"Gigi, devi solo contare! Dai, Gigi, intanto che noi giriamo tu conti. Conta come se parlassi, in tono arrabbiato, per esempio: dieci, undici, dodici, con rabbia, ecco, benissimo... Tredici! Quattordici! E adesso in tono di ammirazione: trecentodiciottomiladuecentocinquantatré... ammirato, ecco, trecentodiciottomiladuecentocinquantatré! Benissimo, Gigi, sei perfetto. Dimentica il testo, dimenticatelo, non preoccuparti, conta e basta. Il parlato verrà dopo. La parola è un'altra cosa. La parola, il senso, la complessità sono dettagli, si registrano dopo, altrove, con un'altra voce che non è la tua se è il caso".

34.

Per dirla tutta, l'insegnante che è in me aveva preso il sopravvento; quelle vacanze furono solo una lunga lezione su Federico Fellini.

35.

“Ma il tuo, di sogno,” mi chiese Lulle, “quello che tua madre aveva appeso sopra il letto, cosa raccontava?”

“Era una specie di sogno platonico. Fellini sognava un film che rappresentava esattamente ciò che avveniva all’esterno del cinema nel momento in cui lo proiettavano: eclissi di sole, lampi accecanti, temporale, trombe d’acqua, strade trasformate in torrenti, la città completamente sommersa, poi il lungo silenzio della sera sulle case distrutte dopo che le acque si sono ritirate. Federico e la moglie, Giulietta, vagavano tra le macerie. C’era un cane che gironzolava. Uno di quei cani che in *Amarcord* scappano via con la coda fra le gambe quando i bambini fanno scoppiare i petardi. Cane che peraltro si dichiarava onoratissimo di girare di nuovo con il maestro.”

36.

Sì, quell'estate *Il libro dei sogni* fu per noi di grande utilità. Quando dico *noi* mi riferisco agli adulti. Un'estate tranquilla, che i bambini passarono a disegnare sogni. Quelli di loro che sapevano scrivere facevano serpeggiare le frasi intorno ai disegni.

"Come Fellini!"

Ci leggevano il risultato prima di andare a dormire, nella speranza che il sonno offrisse un seguito ai sogni della sera prima.

"Chissà, magari funzionano come le serie tivù?"

37.

Trascinato dall'entusiasmo, quell'estate ho deciso per parte mia di rendere omaggio a Federico Fellini. Avevo passato l'infanzia sotto un suo sogno, avevo passato la giovinezza ad aspettare l'uscita dei suoi film, avevo passato il resto della vita a rivederli senza mai stancarmene. Quell'uomo era stato per me più prezioso di una famiglia, dovevo ringraziarlo prima di andarmene anch'io al creatore.

"Scrivi un libro su di lui?"

"No, ce ne sono già tanti."

"Fai un film?"

"Nemmeno per idea, non sono mai stato dietro una macchina da presa in vita mia. Non sono Fellini, per l'appunto. Mettimi dietro una macchina da presa e non vedrò niente di speciale. E poi quello del regista è un mestiere complicato, devi essere insieme sognatore, artista, imprenditore, pubblicitario, industriale, generale... Devi prendere il miglior direttore della fotografia, reclutare un esercito di attori, assistenti, macchinisti, addetti alle luci, carpentieri, saldatori, scenografi, vestiaristi, truccatori, parrucchieri. Devi dare ordini a tutta questa gente. E soprattutto devi trovare finanziamenti, convincere i produttori, piegarti alle esigenze delle reti televisive, corteggiare i decisori che oggi sono gente della vostra generazione e tuttavia non sono più malleabili dei vecchi bacucchi di una volta e, ci metterei la mano sul fuoco, non hanno mai visto un film di Fellini. Mi direbbero: Ma perché Fellini? Chi lo conosce oggi Fellini? Non frega niente a nessuno, del suo Fellini! E infatti perché secondo lei negli anni novanta Fellini ha smesso di girare? O quell'altro, là, coso, come si chiamava quel rompiballe, ah sì, Orson Welles? Secondo lei perché Orson Welles e Federico Fellini hanno smesso di fare film? Perché non trovavano produttori? Poniamo che sia questo il motivo. Ma perché non ne trovavano più, di produttori? Forse perché i loro film costavano troppo? Nemmeno per idea. Semplicemente perché i loro film non incassavano più un centesimo! Piccola differenza. Torni con i piedi per terra, nonno, scenda di nuovo fra noi, Fellini ha smesso di girare perché gli spettatori non andavano più a vedere i suoi film, punto e basta. È dagli anni novanta, ormai, che a nessuno frega più niente di Fellini. Se ne faccia una ragione. Questo mi direbbero i decisori di oggi. Inutile obiettare che a suo tempo, per poter girare *La dolce vita*, Fellini aveva bussato a una decina di produttori e nessuno l'aveva voluta, la sua *dolce vita*, ma che dopo il successo mondiale del film i produttori non volevano girare altro che *dolce vita*, chilometri di *dolce vita*, intere vie appie di *dolce vita*, tutti i produttori, *ad vitam aeternam*.

No, non potrei proprio farlo, un film su Federico Fellini."

5.
Federico risuscitato

Ho l'impressione di non essere molto
cambiato da quando avevo diciassette anni.

Fellini a Giovanni Grazzini in:
Giovanni Grazzini, *Fellini par Fellini*

38.

È stato a teatro, alla fine, che l'abbiamo risuscitato. Nel rettangolo di luce. Dico *abbiamo* perché per metter su questo spettacolo ho mobilitato tutti i teatranti di mia conoscenza. Ho radunato gli attori parigini della nostra troupe e siamo scesi in Italia, a Pistoia, per preparare lo spettacolo al Funaro di Antonella Carrara, supremo luogo di creazione teatrale. Lì abbiamo ritrovato Antonella, Lisa, Massi, Francesca e i napoletani della Casa, Ludo, Roberto, Pako, Demi, con cui avevamo già calcato le scene italiane e francesi. Una mobilitazione planetaria: Clara, la nostra regista, ci ha raggiunti dall'Argentina, Vinoth da Chennai, Bibi da Bamako, Ximo dalla Catalogna, Babette da Bruxelles, gli altri da Montreuil e da Parigi. Tutto è cominciato con la consueta festa di benvenuto, Lia e Paolo ai fornelli, Alice e Laurent al piano, e tutti quanti alla voce, fino a tarda notte.

Dopodiché ho annunciato che avremmo fatto uno spettacolo su Federico Fellini. Titolo: *Federico Fellini è disposto a ricevere chiunque voglia incontrarlo*. Agli spettatori verranno date due indicazioni preliminari: portate uno strumento musicale, uno qualsiasi, va bene anche una padella, e venite con il cellulare. Imperativo, il cellulare! Guai a lasciare a casa il cellulare!

39.

La prima cosa che vide il pubblico del Piccolo Teatro quella sera del 20 gennaio, centenario della nascita di Federico Fellini, fu un cuore nero sospeso sopra un rettangolo bianco. Inizialmente gli spettatori non capivano cosa fossero quel cuore e quel rettangolo che sembravano fluttuare sulla scena, ma via via che gli occhi si abituavano all'oscurità, videro che il cuore era la folta chioma di un giovane che dava loro le spalle, e il rettangolo bianco un grosso quaderno aperto sul palcoscenico. Il giovane, chino sul quaderno, disegnava con foga, ispirato. Sulle prime la folta chioma impediva alla platea di vedere il disegno, sicché fu lo sfregare dei pennarelli sulla carta a ricordare agli spettatori l'epoca in cui anche loro disegnavano febbrili. Poi il disegno del giovane apparve, proiettato su uno schermo collocato di fronte al pubblico. Il giovane disegnava una folla variopinta che correva urlando, ora accompagnata dalla sarabanda di un flauto e di un oboe. Il flauto diceva che la folla era festosa, ma l'oboe faceva aleggiare un dubbio... La folla inseguiva una coppia che correva mano nella mano infilandosi in una prospettiva blu striata d'oro, come se quegli innamorati corressero sotto una pioggia di stelle cadenti.

Terminata l'opera, il giovane prese a scrivere il suo sogno negli spazi lasciati liberi dal disegno. Mentre scriveva lo raccontava, il sogno, ad alta voce. Aveva una voce nasale e flautata:

"Giulietta e io," raccontava, "corriamo davanti a una folla che non capisco se sia ostile o amichevole, né se ci insegue o se siamo noi a trascinarla...".

"'Federico, sarà il seguito a dircelo', mi risponde Giulietta per tranquillizzarmi."

40.

Nel frattempo noi, artefici di questo capolavoro, spiamo ogni minima reazione del pubblico dalla cabina di proiezione. Uniti dal sudore e dall'ansia.

Clara ogni tanto non riusciva a trattenersi:

"Ragazzi, lo sentite? Lo sentite questo silenzio?".

"Vorremmo tanto," sibilava Ximo facendole segno di tacere.

"Condivido il mio personale entusiasmo," protestava la nostra regista.

"Stai calma, Clarita, non siamo davanti a una partita di calcio, non è Argentina-Italia!"

"State un po' zitti," sibilava Alice mandando la musica.

41.

Lo spettacolo era suddiviso in quattro parti.

Si vedeva, quindi, Federico Fellini giovane che disegnava un sogno e intanto lo raccontava. Il sogno era proiettato su un grande schermo sul fondale. Venti minuti buoni di bellezza ipnotica.

Poi Fellini sceglieva tra il pubblico gli spettatori che assomigliavano alle figure del suo sogno. E a costoro faceva fare alcuni brevi provini. Fra i molti volontari che lo raggiungevano sul palco c'erano beninteso i nostri attori. I loro brevi provini erano altrettanti "clou dello spettacolo" che avevamo accuratamente preparato.

Nella terza parte la scena diventava lo Studio 5 di Cinecittà: riflettori, cineprese, gru, binari per carrellate, pannelli di scenografia, frastuono... Poi megafono, silenzio, ciak: il pubblico assisteva allora alle riprese di una sequenza sommamente felliniana in cui recitavano gli spettatori scelti dal maestro.

Quarta e ultima parte: il momento sacro della proiezione. Con grande sorpresa generale, nessuno riconosceva la sequenza che era stata girata. Le angolazioni, i primi piani, le luci, la scelta delle inquadrature, il ritmo del montaggio, il suono soprattutto, il suono e la musica, insomma lo *stile* dell'autore mostrava qualcosa di totalmente diverso da quel che tutti credevano di aver visto. Gli attori stessi, che durante le riprese avevano pronunciato solo una serie di numeri, scoprivano quello che dicevano davvero e le voci che gli avevano attribuito per dirlo.

Il maestro desiderava davvero risuscitare? Era questo il tema della sequenza. Era sicuro, Federico Fellini, di voler risuscitare? Avrebbe retto a quella prova? Una resurrezione non era mica uno scherzo! Il ritorno alla luce del giorno, certo, ai profumi della vita, va bene, ai carciofi alla romana e alle polpette di bollito, ci mancherebbe (dal Toscano, peraltro, il suo ristorante preferito, gli avevano tenuto il suo tavolo), era una bella tentazione, ritrovare la capacità di sognare e i fremiti della creazione, certo, però... però... il languido comfort dell'eternità, la deliziosa sensazione di planare mano nella mano con Giulietta nello spazio e nel tempo, quella riposante assenza di *suspense*... Un bel dilemma! Risusciterà? Non risusciterà? Il pubblico era con il fiato sospeso.

Va da sé che tutto era infinitamente più sottile e profondo, più vago e misterioso, più felliniano insomma di quel che lascio intendere qui. Ma perché mai dovrei svelare i segreti di uno spettacolo che non avete ancora visto?

42.

"Li abbiamo presi! Li abbiamo presi!" continuava a ripetere Clara.

Pigiati come sardine nella cabina surriscaldata, eravamo ormai liquefatti: quattro spugne fradicie, strangolate dall'emozione.

"Cazzo, durante le riprese si è sminchiato il proiettore su rotelle," sibilava Ximo. "Guardate, c'è come un tremolio lato giardino."

"La risalita dell'oboe è da pelle d'oca," mormorai ad Alice.

"Zitti, che mando i titoli di coda," annunciò alla fine Mathias.

43.

I quali titoli di coda avevano in serbo un'ultima sorpresa per il pubblico che ora faceva partire gli applausi. Gli spettatori vedevano scorrere i loro nomi! Che avessero recitato o meno nel film, si scoprivano lì, menzionati sullo schermo, nel punto assegnato loro a vita dall'alfabeto.

"Ma sono io!" esclamò qualcuno.

Quelli che cominciavano ad alzarsi tornarono a sedersi.

"Paola, guarda, ci sei," disse qualcun altro.

Gli applausi si fecero più forti.

"Ci sono anch'io!"

Ognuno andava in cerca di sé stesso, e tutti si trovavano, attori delle loro stesse vite, presenti alla loro presenza, poiché erano proprio loro, sì, erano lì, sullo schermo!

"Ci sono! Ci sono!"

"Guarda, zia Adalberta, ci sei anche tu!"

I titoli di coda scorrevano al suono della tarantella che Alice aveva composto per accompagnare il disegno dell'inizio. Era un motivetto allegro e saltellante che fece venire a tutti una gran voglia di muoversi. Allora Massi, il nostro Massi (Massimiliano Barbini, di Pistoia), si alzò fra il pubblico svettando con tutta la sua statura, si fece largo con il suo trombone e riprese il tema della tarantella dirigendosi maestoso verso il palcoscenico. Babette e Paolo gli andarono dietro, la prima al violino e il secondo alla chitarra. Come avevamo sperato, gli spettatori che avevano portato uno strumento – ed erano in tanti – li seguirono come un sol uomo. Pako, Ludo, Lisa e Demi, truccati da clown felliniani, si trascinarono dietro tutti gli altri, compresi i più timidi, e si ritrovarono tutti in un immenso corteo danzante, come alla fine di *8½*.

44.

E tutto il pubblico si riversò fuori dal teatro passando dall'entrata degli artisti. Dietro il trombone di Massimiliano Barbini risuonavano le trombe, le fisarmoniche, le armoniche a bocca, i piatti, i tamburi, i flauti, i violini, i clarinetti, gli scacciapensieri, le pentole, l'intera strepitosa chincaglieria musicale degli spettatori. I milanesi del Piccolo facevano una serenata notturna ai milanesi di Milano, suonavano per gli abitanti della via che ridevano, per quelli che imprecavano, per quelli che si barricavano in casa e per quelli che guardavano dal balcone:

"Ma cosa succede? Cos'è 'sto casino?".

"Pare che sia risuscitato Fellini!"

"Sei impazzito?"

"Manco per sogno, non la sentite la musica? Si festeggia la risurrezione di Fellini!"

"Ma davvero? Anche quella di Giulietta, allora?"

"E certo, e pure quella di Nino Rota, senti!"

Così quella notte del 20 gennaio gli abitanti di via Rovello scesero in strada raggiunti dagli abitanti di via San Tomaso, cui si unirono quelli di via Broletto e i musicisti di corso Garibaldi, e tutti insieme imboccarono via Dante finché Milano non fu altro che musica. Una musica tanto più argentina dopo tre giorni di gran vento che avevano restituito alle strade la loro sonorità di cristallo.

Alla fine una folla immensa invase il Parco Sempione, dopo che grazie ai cellulari degli spettatori e ai social network si era diffusa la notizia che Federico Fellini aveva deciso di risuscitare quella notte del 20 gennaio sul palcoscenico del Piccolo Teatro e invitava tutti a festeggiare l'avvenimento al Parco Sempione, insieme con Giulietta e Nino.

"Al Sempione? Il parco del Castello Sforzesco? A quest'ora però è chiuso, il Sempione, no?"

"Ma figurati un po', Fabio, se uno che può permettersi di risuscitare quando gli gira non ha abbastanza santi in paradiso per far aprire il Parco Sempione ai cittadini milanesi..."

"Ah già, in effetti..."

Così quella notte tutta la città confluì al Sempione invitata dagli spettatori del Piccolo Teatro, e lì furono accesi decine di bracieri che più felliniani non si può, quasi che Milano fosse diventata un sobborgo di Roma. Puntuale arrivo della polizia, spegnere tutto, è tassativamente vietato, ma ormai la gente era troppa, tutti che ballavano intorno alle fiamme, giocavano, cantavano... Morale: gran baldoria fino a ore incredibili, tutti quanti, poliziotti inclusi.

Fino a che ora, in realtà? Non lo so, io non c'ero. Me l'hanno raccontato Ludovica e Roberto. Ridevano:

"Tutti quei milanesi che affluivano verso il Sempione accompagnati dalla musica sembravano un raduno di uccelli nordici in procinto di migrare verso sud. *Semel in anno*...".

45.

Non partecipavamo alla festa, noi, per il semplice motivo che Clara ci aveva trattenuti al Piccolo – Alice, Pako, Ximo, Mathias e me –, per darci i voti. Noialtri sei, da soli, nel teatro svuotato di colpo come da un tornado. Tutti e sei frastornati dall'improvviso silenzio. E tutti e sei che ci abbracciavamo.

E adesso i voti.

Mai lasciare il teatro finché non sono stati dati i voti, questa la regola della nostra regista. Individuare le piccole magagne dello spettacolo e comunicarle alla troupe, in modo da aggiustare subito tutto per la rappresentazione successiva...

"Mathias, quando all'inizio Fellini disegna il sogno sul librone, bisogna che la chioma si veda meglio. È la prima immagine dello spettacolo. C'è solo quel cuore nero sul bianco del librone. Da giovane Fellini era orgogliosissimo dei suoi capelli! Ti ricordi che nei primi anni del *Libro dei sogni* si disegna sempre di spalle. Quel cuore deve colpire gli spettatori: il cuore nero, il librone bianco, il tempo di una visione! E poi via con la proiezione del sogno sullo schermo!"

"Quanti secondi, quindi, sul cuore?"

"Sei o sette. Proviamo con sette."

"Sette secondi, ok."

"Alice, la musica non mandarla troppo presto. Lascia vivere un po' il disegno. Il pubblico deve sentire il rumore dei pennarelli che sfregano sulla carta, gli deve ricordare i disegni della sua infanzia, e soltanto dopo la musica. E l'abbassi appena Fellini comincia a parlare. La voce deve subentrare agli strumenti in modo molto naturale, il passaggio dalla musica alla voce dev'essere più..."

"Organico."

"Esatto. Musica che diventa parola."

"Va bene."

"Pako, lo schermo dev'essere più grande. So che è complicato per via dei proiettori, ma Ximo una soluzione la troverà."

"Okay, si può fare, un po' di margine ce l'ho. Abbasso il 53 e devio il 57. Solo che questo ridurrà la profondità della scena."

"Di quanto?"

"Più o meno di quaranta centimetri."

46.

Dopo che Clara e gli altri sono andati alla festa al Parco Sempione (dai, vi raggiungiamo), io sono rimasto con Ximo per aiutarlo a regolare i proiettori.

"Già che ci siamo," mi dice Ximo, "dobbiamo controllare il proiettore che tremolava durante la scena delle riprese. Puoi dargli un'occhiata tu? Magari è la gelatina che si è scollata. Ci sarà una corrente d'aria dietro le quinte che fa sbattere il foglio. E forse è questo a provocare il leggero tremolio."

"Dov'è?" chiesi salendo sul palcoscenico.

"Lato giardino, dietro, fra le tende del sipario. È uno dei proiettori di Fellini, hai presente?"

Si trattava di uno di quei proiettori mobili con cui Fellini seguiva gli attori. Luce ad altezza d'uomo, che lui faceva ruotare intorno ad Anouk Aimée o a Mastroianni senza mai staccarla dal viso. Paragonava quel tipo di luci ai raggi X che dicono tutto. Clara era dell'identico parere, secondo lei una luce del genere "tirava fuori il carattere dalla faccia". Ed era tale il suo scrupolo di esattezza storica che era riuscita a scovare uno di quei proiettori su rotelle. Quelli di Fellini in persona, il pennello di luce del Maestro, diceva. Una reliquia di Cinecittà.

"Ci sei?" mi chiese Ximo. "Accendo!"

E laggiù, in fondo al corridoio notturno creato dai tendaggi di velluto nero, vidi accendersi una specie di sole al tramonto che subito riconobbi. E che mi raggelò. Era l'apparizione di un'immagine sepolta così profondamente dentro di me che ne rimasi sbalordito, come alla comparsa di un amico perduto dalla notte dei tempi ma che il tempo non avesse cambiato.

Il lumino da notte di quand'ero bambino!

La lucina che mia madre lasciava accesa nel corridoio e che ora splendeva qui, nel buio del teatro.

Il mio gufo.

Lo stesso alone rosso intorno alla stessa sorgente luminosa...

Un'immagine così lontana.

Eppure così presente.

Qui.

Il presente del passato.

E la stessa sfida:

"Guardami, guardami se hai coraggio!".

Come se la mia vita non si fosse spostata di un secondo.

Una vampata di pura felicità, ovvio.

Quindi ritorno alla realtà del momento. Ximo aveva ragione, nei raggi di quel vecchio sole si scorgeva un lieve tremolio. Tanto più inequivocabile poiché avvicinandomi al proiettore sentii come uno sfrigolio.

Accompagnato da un odore di fili elettrici bruciati.

Mi avvicinai di più...

"Non è la gelatina," dissi a Ximo, "quella è attaccata bene, è..."

Ma il proiettore esplose prima della fine della frase, e fu come se fossi inghiottito dal sole.

6.
Un'approssimazione del 10%

Quando udì questo sogno, Bernhardt mi disse: "Signor Fellini, vogliamo lavorare seriamente?".

Federico Fellini, *Il libro dei sogni*

47.

Con gli occhi ancora chiusi, sentivo Minne spiegare al telefono (a chi? a sua madre? ad Alice? Isabelle? Vincent? Anita? Christofo?) quel che mi era successo. Non ero a Milano ma a Parigi, non ero al Piccolo Teatro ma in una stanza dell'Ospedale Tenon, poco lontano da casa mia. Non ci ero finito per l'esplosione di un proiettore teatrale ma per colpa del nostro apparecchio di videoproiezione la cui lampadina si era fulminata mentre guardavamo *Amarcord* a letto. L'incidente era avvenuto la sera prima, domenica 20 gennaio, anniversario della nascita di Fellini, è vero, ma in quel frangente un puro caso.

Minne non sapeva esattamente cosa fosse successo. All'inizio uno dei miei "attacchi di giovinezza", diceva al telefono – sai com'è fatto, uno di quei suoi impulsi fisici, come quelli che descrive in *Storia di un corpo.*

La lampadina del nostro videoproiettore aveva reso l'anima in pieno Fellini: Plof!

"Oh no, cazzo!"

Anziché spegnere l'apparecchio e andare a prendere una scala, ero saltato giù dal letto, avevo messo una sedia sopra un tavolo e imprecando ero andato all'assalto del videoproiettore, deciso a cambiare la lampadina fulminata senza aspettare che quell'arnese si fosse raffreddato. Quel che era successo lassù ad alta quota, Minne non poteva dirlo con esattezza; aveva sentito un gran botto, di quelli che ti spengono un'intera casa, dopodiché io ero crollato con tutta la mia impalcatura, in un gran fracasso ma senza un grido, e non mi ero più rialzato. In coma. Mia moglie credeva fossi rimasto fulminato, e mi dava per morto, lì sul tappeto della camera, ai piedi del letto coniugale. Terrore, ambulanza, ospedale. Aveva passato la notte seduta su una poltrona a vegliarmi, ed eccoci qua.

"No, non si è risvegliato, no. Ormai sono dodici ore... sì... no... Non so... Non so... Dicono... No, non sono affatto rassicuranti, dicono che non possono fare previsioni... Non possiamo fare previsioni, signora, né sulla durata del coma né sulle sue condizioni al risveglio. Eventuali postumi? Ah, certo, è probabile, ma anche qui non possiamo fare previsioni, né sulla loro natura né sulla loro gravità, tenendo conto che non è più giovanissimo, può essere che... è già una fortuna enorme che non si sia rotto niente, può... Insomma, non sanno niente. Più il coma si protrae e più alti sono i rischi, questo è quel che mi sembra di aver capito. Fabrice mi ha detto che avrebbe fatto un salto uscendo dal suo ospedale. No... no, lo sto guardando, dorme... Ah! No, aspetta! Aspetta! Aspetta, no, si sta svegliando! Si sveglia! Ha aperto gli occhi! Ti richiamo! Ti richiamo!"

48.

La durata del coma era dovuta alla pressione dell'ematoma cerebrale sul diencefalo, ci spiegò Fabrice, di professione neurochirurgo, mentre l'abbondanza dei sogni era da attribuire alla pressione della medesima sacca di sangue sui circuiti limbici, che è dove la nostra memoria immagazzina i ricordi di una vita.

"È così, bello mio," concluse, "sei un organismo preciso a produzione variabile. Un romanziere, insomma."

Di fatto, una volta chiarite le questioni mediche, il mio primo desiderio fu quello di sfruttare la manna onirica generatasi durante il coma. Appena mi fui risvegliato, ebbi subito voglia di scrivere un romanzo autobiografico, del tipo *Ritratto dell'artista da sognatore*, o qualcosa del genere. Una specie di autofiction sognata. E mi sembrava un progetto tanto più realizzabile poiché la successione dei sogni, dall'inondazione di luce all'esplosione del proiettore passando per l'esplorazione del villaggio sommerso e l'estate felliniana (lo capii mentre li registravo sul cellulare), rispettava una scansione cronologica – infanzia, adolescenza, maturità, vecchiaia – e mostrava una certa coerenza tematica. Fellini mi accompagnava lungo tutta questa narrazione come una specie di filo rosso, una cuginanza a cui il mio inconscio sembrava tenere molto.

49.

Quando, una mezz'ora dopo che mi fui risvegliato, Alice entrò nella stanza d'ospedale, le annunciai la mia intenzione di fare uno spettacolo per il centenario della nascita di Fellini.

"Ma sei vivo, papino? Sei sicuro di essere vivo?"

Più vivo che mai, e impaziente di risuscitare Federico Fellini. Avevo lo spettacolo pronto nella testa, l'avevo sognato e costruito. Mancavano solo la scrittura, la regia e la musica. Su cosa stava lavorando lei in quel momento? Aveva tempo – e voglia – di dedicarsi alla composizione musicale di una cosa del genere?

"Ti va, l'idea di Fellini? Intanto che io risuscito lui, tu risusciteresti Nino Rota, no?"

50.

Ci fu un periodo in cui la prova di francese del *baccalauréat* prevedeva un esercizio interessante. Si trattava di riassumere a un quarto della sua lunghezza (con un margine di approssimazione del 10%) un testo la cui densità di senso era tale da consentire un trattamento tanto spietato. Brani scelti di filosofia, antropologia, economia, etnologia, psicologia o sociologia, reportage di attualità, articoli polemici ed editoriali vari erano quindi sottoposti all'acume asciugatore del candidato. Nessun autore aveva scampo: persino Paul Valéry e Roland Barthes, pur notoriamente così concisi, erano destinati come gli altri alla strizzatura. A me e ai miei allievi questo esercizio piaceva molto. Tutte le settimane giocavamo insieme allo spremiagrumi consapevole. La percentuale di significato estratta dai nostri quattro quarti si concretizzava in riassunti nitidissimi e perfettamente calibrati: eravamo intelligenti. Sorgeva a quel punto l'unico interrogativo davvero interessante: A cosa servivano i tre quarti di testo che avevamo buttato nella spazzatura? Risposta: A fare di quel testo un organismo vivente. A fare di quella scrittura uno stile. A fare di quell'autore un individuo unico. Noi avevamo estratto il significato della vita, lì giaceva la vita del significato.

A questo fantasticavo nel mio letto di ospedale pensando ai miei sogni: Qual era la loro percentuale di realtà?

Alice era andata a casa, rassicurata sulla salute del padre e piena di energia musicale, Minne era tornata con il mio computer portatile e una cenetta *ad personam* da far dannare l'ente ospedaliero. Entrambe abitavano a due passi. La loro duplice protezione faceva di me un paziente privilegiato, coccolato come un allievo esterno in un collegio.

L'ospedale dormiva. Avevo scritto la struttura di ciò che avete appena letto, e calcolavo la mia percentuale di verità, con un margine di approssimazione del 10%.

51.

Tanto per cominciare, mia madre non conosceva Federico Fellini. Quindi non ha mai lavorato per lui. Moglie di un militare, era troppo occupata a traslocare ogni due anni per poter dedicare un minuto al guardaroba di Cinecittà, quand'anche ne avesse avuta l'occasione. In termini di confezione di abiti, tutto quel che faceva era sferruzzare i "pullover" per i suoi quattro figli maschi. Anche ai tropici, pensava all'inverno della sua prole. L'ho vista sferruzzare pesanti maglioni di lana nella fornace di Gibuti per i figli maggiori rimasti in Francia.

Perciò non ho mai dormito sotto un sogno di Federico Fellini che mia madre avrebbe appeso sopra la mia culla. Per molto tempo ho ignorato persino che Fellini fosse il campione dei sognatori. *Il libro dei sogni* è uscito in Francia solo di recente, pubblicato dall'editore Flammarion con il titolo *Le livre de mes rêves*. Come sempre quando un libro mi piace, ho contribuito al rapido esaurimento delle copie regalandolo a destra e a manca. Perché è vero, invece, che ho sempre sfinito gli amici con la mia passione per Federico Fellini.

52.

Di Fellini mia madre conosceva i film che, quand'ero giovane, la portavo a vedere a Nizza. Le piacevano molto queste uscite al cinema, invitata dal figlio minore durante le sue vacanze di giovane insegnante. Momenti privilegiati di affetto che spesso finivano con una cena in un ristorante sul lungomare. Una sera l'ho addirittura invitata al Negresco, giusto per toglierci lo sfizio. (Le prime follie dei miei primi stipendi.) Con me ha visto *I clown*, *Amarcord*, *Roma*, *E la nave va*, *Ginger e Fred* e *Intervista*. L'apparizione della corazzata in *E la nave va* l'aveva lasciata senza parole. *I vitelloni*, visto in un cineclub, l'aveva fatta ridere.

"Sono proprio così," diceva benevola dei quattro scemi protagonisti del film, e non si capiva se parlasse dei giovanotti in generale o del ricordo che aveva dei propri figli maschi alla stessa età.

Era rimasta stupita dalla reazione furibonda di un certo pubblico all'uscita di *8½*.

"La gente pensa sempre che ci sia qualcosa da capire," diceva. "Eppure questo Fellini è semplicissimo, basta seguirlo. E poi *8½* è la storia di un uomo pieno di dubbi; una volta tanto!"

Benché le avessero fatto smettere la scuola a quattordici anni, o forse proprio per questo, aveva un approccio diretto alle opere.

53.

La cosa più felliniana di mia madre era il fatto di essere piccola, come Giulietta Masina. E poi c'era la sua tolleranza disincantata per gli uomini farfalloni. Che ci vuole fare, disse un giorno a una donna tradita che si era gettata fra le sue braccia in lacrime, a loro piace quella cosa lì…

54.

Non ho neanche mai avuto un amico di nome Louis. Questa personaggio a cui i miei sogni danno il nome di mio padre incarna forse l'idea molto infantile che mi faccio dell'amico ideale: spiritoso, sveglio, testardo, fedele, curioso, intraprendente, avventuroso, pronto a tutte le imprese che mi annoierebbero se le vivessi da solo. In poche parole: una persona che sarei incline ad ammirare. È una cosa che mi piace, ammirare. Per me è un altro modo di leggere. In fondo i miei migliori amici sono le mie letture preferite – le loro rassegne critiche sono solo affar mio.

55.

A proposito di amici e parenti, mi sono reso conto che nei miei elenchi onirici compaiono fianco a fianco nomi di persone della mia cerchia che sono da tempo in rotta fra loro e che per nulla al mondo lavorerebbero o passerebbero una vacanza insieme, né si vedrebbero anche solo per un secondo, preferendo senza mezzi termini la soddisfazione di dichiararsi inconciliabili allo sforzo di rimettere insieme i cocci.

"Tu e il tuo istinto da cane pastore. Sempre a radunare il gregge, eh?"

Ha ragione, Alice, a ironizzare su questo aspetto della mia personalità. Ogni tanto mi sento come uno di quei cagnoni bianchi dei Pirenei chiamati patou, che nascono nei greggi e li proteggono ferocemente dalla semplice eventualità di un'aggressione esterna, ma non sono programmati per sopportare le liti delle pecore fra loro.

"Pecore che peraltro non siamo."

56.

Ah! E non ho neanche mai fatto un'immersione. Ma non dubito che mi sarei divertito. Mio padre, del resto, non era uomo da portarci in gita. Se non nei libri che ci lasciava in giro a portata di mano dopo averli letti, e da cui emergeva lui stesso così pensieroso – come senza fiato dopo un'ascensione – da non poterceli raccontare. E poi i miei genitori non avevano nulla delle coppie di oggi, costrette dai ritmi di lavoro a sbarazzarsi della prole sommergendola di attività formative. Già piuttosto avanti negli anni quando sono nato, e rispettosi per temperamento della nostra indipendenza, non mettevano becco nella scelta dei nostri svaghi.

57.

Altra cosa: la casa del Vercors non è la casa della mia infanzia. È una delle cosiddette "fattorie della ricostruzione" che Minne e io chiamiamo affettuosamente La Grossa, acquistata dal nostro amico Robert intorno al '95 e rimessa a posto da Christofo nell'arco di due anni, nel periodo in cui preferiva la solitudine operosa e il silenzio delle montagne a quella che lui chiamava (e chiama tuttora) la presa per il culo universale. Il capanno di legno grigio in cui scrivo queste pagine, quindi, non è stato costruito da mio padre durante la mia prima infanzia ma dalla nostra amica Dan nei primi dieci anni del 2010. È un piccolo esagono con il tetto di paglia, che potrebbe essere un capanno per gli attrezzi se non ne avessi fatto il mio studio estivo. Per quanto modeste, le case sono esseri viventi. Il genio particolare di questa, seppur minuscola, risiede tutto nelle piccolissime fessure che Dan – vera incarnazione della natura – ha volutamente lasciato tra un'asse di legno e l'altra. Permettendo all'aria di circolare, quegli spazi interstiziali consentono al fragile capanno di resistere ai venti più forti e lì posso scrivere anche durante una tempesta. Quando soffia la bufera, dentro passa giusto un refolo. Il mio capanno respira. Le tempeste si sono limitate a dargli quell'aspetto inclinato, come agli abeti che una ventina di anni fa abbiamo piantato a nord. Quando torna il silenzio, sento La Grossa vivere a una trentina di metri da me, le grida dei bambini quando ce ne sono, la risata di Noëllie punzecchiata da François, le esclamazioni delle ragazze che giocano a Scarabeo, i trucchetti di Vincent, di Kahina o di Christofo alla *pétanque*, insomma tutti i deliziosi rumori dell'estate.

58.

Resta il progetto teatrale sulla risurrezione di Fellini. È la cosa più reale di tutta questa storia. Dopo averlo sognato, non solo l'ho ideato, ma l'ho raccontato agli attori della nostra troupe, alla nostra banda italiana del Funaro, nonché al mio amico Gianluca che mi ha proposto di parlarne alla direzione del Piccolo. Lo spettacolo e il corteo danzante per le vie di Milano mi sono apparsi chiari come se fossero già avvenuti: Clara alla regia, Alice alla musica, Ximo alle luci, Mathias alla macchina da presa, Massi al trombone, Pako, Ludo, Demi, Lisa, Bibi e gli altri sparpagliati fra gli spettatori... Poi la festa finale al Parco Sempione di Milano... Come se fosse cosa fatta. Come se Ludo e Roberto me l'avessero già raccontata. È quasi un ricordo.

59.

Infine, una stramberia quanto mai reale: non mi sono mai abituato all'elettricità. Quando premo un interruttore, il fatto che la notte diventi giorno o che il giorno si faccia notte è qualcosa che non do mai per scontato. Per me rimane sempre un po' un miracolo. Non è più una sorpresa, certo – funziona tutte le volte, il mondo si accende, il mondo si spegne –, ma sono stupito che non mi stupisca più.

60.

L'ospedale mi ha tenuto in osservazione per il tempo necessario, poi mi ha rimandato a casa con infiniti consigli di prudenza. Un mese di Vercors sotto la protezione di Minne. Tranquillità. Capanno pendente. Scrittura. Capitolo 60. Ritorno a Parigi. Ed eccomi qua.

7.
Il Vangelo secondo san Sebastiano

Ma che è successo in verità?

Federico Fellini, *Il libro dei sogni*

61.

Eccoci allora tornati a Parigi, Minne e io, e sto andando verso la cassetta delle lettere – è successo ieri –, quando incrocio la nostra vicina Françoise (anche lei originaria della zona di Nizza) che si felicita per la mia risurrezione e mi chiede cosa ne faccio della mia seconda vita.

"Quello che ho imparato nella prima. Scrivo un romanzo."

"Su cosa?"

"Sul sogno, credo. O su Fellini, per meglio dire. Fellini, il sogno, io, la mia tribù… non so bene."

"Sei avanti?"

"Quasi finito."

"Lungo?"

"Corto."

"Me lo leggi?"

Ci passiamo tutto il pomeriggio, nel silenzio attento del suo viso ora illuminato ora rannuvolato dalla lettura. Mai una caduta dell'attenzione, onomatopee esplicite e, a lettura finita, Françoise pensosa che mormora:

"È incredibile…".

Cerca per un momento come formulare il suddetto incredibile, poi mi dice:

"Lo sai qual è il personaggio chiave di questo libro?".

Silenzio.

"Quello che rende possibili tutti i tuoi sogni…"

Silenzio.

"San Sebastiano," dichiara.

"Il san Sebastiano che mia nonna non ha mai posseduto?"

"Sì, quello. Potresti descrivermelo nel modo più preciso possibile?"

"Descriverlo da che punto di vista?"

"Dell'immagine che ne avevi nei tuoi sogni."

"La prima volta troneggiava sul camino (anche questo inesistente) di mia nonna. La seconda volta viveva sott'acqua, nella camera di quando ero bambino."

"Di questo parleremo dopo. Adesso tiralo fuori dall'acqua e dal sogno, posalo davanti a te e descrivimelo nel modo più preciso possibile."

"Era una statuina di legno lucido, forse legno di bosso, su una base di marmo, una di quelle cianfrusaglie religiose superpacchiane, quasi una figura di adorazione erotica, come succede spesso con san Sebastiano, con quella sua posa da discobolo che mette in risalto i muscoli del busto e delle cosce e quel volto proteso verso l'estasi... Sì, un oggetto di consolazione per monaci di clausura di entrambi i sessi."

"È vero, che siano dipinti o scolpiti, ci invitano quasi tutti all'estasi," convenne Françoise. "C'è qualche particolare che ti colpisce, nel tuo?"

"Aveva un'aureola elettrica."

"Lascia perdere l'elettricità. Grande quanto, l'aureola?"

"Parecchio. Quando si è accesa mi ha fatto pensare alla coda di un pavone."

"Un'aureola enorme?"

"Sproporzionata, direi."

"È incredibile," ripete indugiando sognante sulla prima sillaba.

Poi:

"Devo raccontarti una storia".

62.

Erano i primi anni settanta. Françoise finiva gli studi all'Accademia di Arti decorative di Nizza mentre io insegnavo nel Nord. Non sapeva che lavoro presentare come tesina finale. All'epoca, di artisti inventivi nella zona di Nizza non ne mancavano. C'era Ben con le sue *écritures*, considerato l'incarnazione dell'avanguardia postmoderna. C'era Ernest Pignon-Ernest, i cui stencil di lì a poco si sarebbero rivolti al popolo delle strade di tutto il mondo. Per la sua tesi anche Françoise cercava di produrre un'opera singolare che parlasse a tutti. La scrittura murale però c'era già, la strada era già presa, César dominava la scultura, e Françoise cercava invano. Percorreva le montagne dell'entroterra in sella a una vecchissima BMW, una moto che si scaldava come un bollitore nelle salite e finiva regolarmente in panne: paralisi dei pistoni.

"Uno dei miei progetti era filmare quello che avevo davanti agli occhi nei posti dove mi si fermava la moto," mi spiegò. "L'avrei chiamato *Panne*. Boiate del genere, capisci."

"E il mio san Sebastiano, in tutto ciò?"

"Lo vedrai."

Un giorno la moto fa la sua solita scena a cinquecento metri di altitudine, ai piedi delle Alpi dell'Alta Provenza.

"Aspettavo che si raffreddasse, seduta sul muretto a lato

della strada con i piedi che penzolavano nel vuoto, quando in un enorme cantiere a un centinaio di metri sotto di me vedo due camion che si vengono addosso. Si gettavano uno contro l'altro con i motori rombanti, mentre tutt'intorno gli operai appollaiati sui contrafforti della montagna e sui veicoli del cantiere li spronavano gridando come alla corrida. Gli specchietti laterali erano volati in pezzi, qualche frammento di carrozzeria saltava a ogni passaggio ma all'ultimo secondo i camion si evitavano. "Olé!" gridavano gli operai. I conducenti facevano inversione in fondo alla pista sbandando sul ciglio del dirupo, e poi, di nuovo uno di fronte all'altro con la marcia inserita, i motori rombanti, mollavano di colpo la frizione e via che si ripartiva."

Françoise, ovviamente, aveva tirato fuori la cinepresa; Spielberg ante litteram.

"E il mio san Sebastiano?" domandai.

"Aspetta."

63.

Era il cantiere di Sainte-Croix-du-Verdon, un enorme progetto di bacino idroelettrico, l'inondazione di una valle immensa sotto una diga monumentale. Grandi polemiche, all'epoca. Avevano forse intenzione di sommergere tutti i paesi della valle? Popolazione in tumulto, una mezza rivolta. Alla fine era stato sacrificato solo un paese, Les Salles-Sur-Verdon, che sarebbe stato ricostruito cento metri più in alto prima di liberare le acque. Da ciò il cantiere.

"Avevo trovato il soggetto per la mia tesina."

Françoise avrebbe filmato l'inondazione del paese (di cui in effetti svuotarono il cimitero prima di far saltare le case e aprire le paratoie). Avrebbe seguito la migrazione degli abitanti più in alto sulla collina. Li avrebbe intervistati, avrebbe filmato i loro sguardi, la sera, quando si sarebbero posati sul lago; avrebbe immortalato le loro vecchie anime sopra il passato sommerso.

Avrebbe filmato anche la giornata degli operai venuti a costruire il paese in alto. Erano uomini senza donne, algerini e portoghesi che si distraevano con i duelli di camion – due vecchi Berliet buoni per lo sfasciacarrozze e lasciati alla mercé delle pulsioni ludiche degli autisti. E poi avrebbe intervistato le ragazze venute su da Nizza, da Cannes, da Tolone e persino da Marsiglia per la sessualità degli uomini.

"Si piazzavano qua e là con i loro camper, che a volte erano dei Type H Citroën in lamiera ondulata, come i furgoni cellulari della polizia, ti ricordi? Le più povere lavoravano sotto le tende."

Françoise aveva diciotto anni. Il destino di quella popolazione l'aveva colpita. Il direttore della Scuola d'Arte le aveva dato la sua benedizione e fornito tutta la pellicola necessaria per girare. Contava di vendere poi il filmato alla tivù.

"Il mio san Sebastiano?"

"Ci arriviamo."

64.

Con sua grande sorpresa, Françoise si rese conto che la stragrande maggioranza degli anziani non rimpiangeva la vecchia casa.

"Scoprivano le gioie della stanza da bagno e della cucina componibile con i suoi bravi elettrodomestici."

La nostalgia non faceva la condensa sulle finestre.

Françoise scoprì pure che alla televisione non piacevano granché le storie di puttane e lavoratori immigrati. E che il direttore della Scuola d'Arte non aveva le spalle abbastanza larghe per riuscire a vendere un film in totale contrasto con la visione dominante dei benefici del progresso.

"La fine dei miei diciott'anni, insomma."

"E il mio?..."

"Il tuo san Sebastiano? Ci arrivo."

65.

Françoise aveva fatto amicizia con il carpentiere del paese, un carraio sardo emigrato nel maggio del '37, una settimana dopo la morte di Gramsci. Si chiamava Gavino Sechi. Era un vecchio comunista di Oristano, vedovo di una tal Peppina che più cattolica non si può. Neanche il vecchio Sechi rimpiangeva la sua casa. L'unica cosa che gli mancava era la panchina di pietra su cui lui e Peppina sedevano al calar del sole.

"Non mi sono ricordato di portarla quassù."

Françoise gli propose di rimediare a quella dimenticanza. Si immerse con un cavo collegato a un argano e il vedovo poté di nuovo onorare il sole al tramonto.

Durante l'immersione lei visitò quel che restava della casa dei coniugi Sechi, che la dinamite non aveva distrutto interamente. Sul camino della camera da letto mezza demolita troneggiava una statuina di san Sebastiano.

"Eccolo, il tuo santo. E pure il camino di tua nonna."

Una statuina di legno di bosso, con uno zoccolo di granito lucido, e un'aureola enorme.

"Sono le carabattole di quella beghina di mia moglie," borbottò Gavino Sechi, rifiutandosi di recuperare il martire.

Françoise però sentiva che nella voce del vecchio sardo c'era ben altro che la sempiterna disputa meridionale tra il marito che si sbronza al bar e la moglie che va in chiesa a fare la comunione.

"C'era qualcos'altro," mi disse.

Se lo lavorò così bene, Gavino, che alla fine ottenne la vera storia del santo. Gavino gliela raccontò lentamente, seduto sulla sua panchina, di fronte al sole che tramontava.

Era un gioco tra lui e sua moglie. Ogni volta che Gavino mandava al diavolo il santo, Peppina ingrandiva l'aureola. Ci aggiungeva un cerchio di legno che tagliava da un ramo di bosso o che ricavava da una radice di erica secca. Levigato con una pazienza infinita, quel centimetro di legno immarcescibile andava ad aggiungersi ai precedenti, così che l'aureola del santo rivelava l'età del loro amore dal numero delle litigate, come i cerchi che i bambini contano nei tronchi tagliati dicono l'età degli alberi abbattuti.

"È vero," ammise Gavino. "Quando ci siamo conosciuti il santo non ce l'aveva, l'aureola."

66.

“Vuoi sapere come va a finire?” chiese Françoise. “Ci tieni proprio a scoprire come ha fatto quel santo a entrare nella tua vita?”

“Se non è un segreto...”

“Allora dimmi dov’eri e cosa facevi tu, nel frattempo.”

“Facevo l’insegnante, nel Nord.”

“Racconta.”

“Ma che c’entra?”

“Racconta, su.”

8.
La legge del sognatore

Ed è allora, nel mezzo alla vita,
che esistono grandi schermi per il sogno.

Fernando Pessoa, *Il libro dell'inquietudine*

67.

In quegli stessi anni settanta ero insegnante di scuola media in un ex convento del Nord che con il liquefarsi delle vocazioni era stato trasformato in un collegio di cui ero anch'io convittore. Al di sopra della stretta e lunga cella che mi fungeva da camera, dormivano i medi (così all'epoca si definivano ancora gli allievi: i piccoli, i medi e i grandi). Il loro dormitorio era la fucina dei sogni.

I miei sognatori venivano dai quattro angoli della Francia, ed erano adolescenti sgangherati spediti lì dall'istituzione scolastica a formare le cosiddette "classi differenziali". Alcuni di loro non scrivevano. Pur sapendo scrivere, si rifiutavano categoricamente di farlo. Davanti alla scrittura scartavano come fanno i cavalli di fronte all'ostacolo; lo stesso rifiuto terrorizzato. A costoro (e a tutti, peraltro) insegnai a raccogliere i sogni. Non a scriverli: a raccoglierli, semplicemente. A coglierli, anzi. Annotandoli solo per sé. Quella raccolta mattutina divenne il primo gesto della loro giornata. Un piccolo taccuino ai piedi del letto, e via. Perché? Non da ultimo, per riportarli alla scrittura per via traverse. Ma soprattutto perché cogliessero ciò che il ragazzino della notte lascia in eredità al ragazzino del mattino. (Era un collegio maschile, quello. Il mondo a quei tempi non era misto.)

"Professore, io i miei sogni non me li ricordo."

“Questo è quel che credi tu.”

Le prime volte il frutto del loro raccolto era giusto qualche parola, quasi niente, un’immagine, una sensazione. Poi veniva un embrione di racconto. Il giorno dopo un altro. Racconti di cui pian piano si impadroniva la loro fantasia. Finché non diventavano storie, senza punteggiatura, né ortografia, né grammatica, ma ogni mattina un po’ più rigogliose. Annotando i sogni solo per sé non avevano l’impressione di scrivere. Erano le immagini notturne che si trasformavano da sole in segni di inchiostro sul taccuino, tutto qua. Alla fine le loro storie proliferavano con l’ampiezza divorante dell’edera o del glicine.

La fantasia infatti non ha alcun obbligo di fedeltà nei confronti dei sogni. Loro, dopo tutto, non ci chiedono mica il nostro parere…

68.

I loro taccuini non li leggevo mai. Si vergognavano troppo, i miei sognatori, della loro scrittura storpia. Era un po' come il volto sfigurato che certi mutilati di guerra non vogliono più mostrare a nessuno. I brutti voti presi nei dettati e i commenti umilianti ("Vattelapesca: meno 28, cosa credi, di giocare a chi perde vince?") li avevano paralizzati. Quindi, semplicemente, avevano smesso di scrivere. Non leggevo mai i loro testi, però gli chiedevo di dettarmeli e li scrivevo alla lavagna. Così li vedevano vestiti a festa, senza errori di ortografia né di grammatica, con l'abito buono della punteggiatura giusta. Dopodiché facevamo insieme passo passo la strada che portava dalla loro scrittura a brandelli a quella versione presentabile. Chirurgia estetica, minuziosa ricostruzione di ogni riga.

69.

Dopo averli riportati alla scrittura, questi erano gli stessi allievi cui vietavo la trovata del sogno quando dovevano sottomettersi al realismo scolastico: Raccontate questo... Ricordate quello... Immaginate che... Come concludereste questa storia?...

"E guai a voi se cercate di cavarvela con la trovata del sogno, eh! Non provate a filarvela da quella porta lì, che dietro ci sono io con un bel randello!"

"Non è giusto, prof!"

70.

Le mie notti, invece, le passavo a correre nel metrò di Parigi verso la ragazza che mi aveva lasciato due anni prima. Non mi capacitavo di vederla corrermi incontro. Allora mi amava ancora! La intravedevo da lontano. La riconoscevo. Mi precipitavo verso di lei. A sua volta mi vedeva e ci correvamo incontro, con le braccia spalancate. Ma al momento di abbracciarci, lei mi passava attraverso, come se avessi perduto qualunque consistenza, come se fossi il fantasma di me stesso. Mi passava attraverso, saltava dentro il vagone della metropolitana in partenza, e spariva con tutta la mia famiglia.

Mi svegliavo più morto che vivo nella mia cella di monaco.

Era uno dei sogni ricorrenti che facevo da quando ci eravamo lasciati.

Ce n'era un altro simile. Anche qui ci correvamo incontro, ma stavolta nel loggiato del liceo Massena di Nizza, dove ci eravamo dati il primo bacio. Ero contento che non fossimo nella metropolitana. Stavolta le correvo incontro in carne e ossa, certo della mia densità, con tutto il peso del mio amore che faceva vibrare il loggiato sotto i miei piedi; non mi sarebbe passata attraverso. Del resto non ne aveva l'intenzione, mi correva incontro tutta sorridente, con i piedi nudi che battevano gioiosi per terra. Stavamo per raggiungerci! Un attimo e ci saremmo riuniti. Senonché si apriva una porta e da un'aula usciva un vecchio bidello carico di compiti, talmente vicino a me che non riuscivo a evitarlo. Gli andavo addosso con tutto il mio peso, e lui precipitava oltre la balaustra, lo vedevo vorticare nel vuoto, con i compiti che gli svolazzavano intorno, e mi svegliavo nei panni di un assassino.

71.

Da un punto di vista narrativo, c'era ben poco da cavare da quegli incubi. Erano sogni chiusi. Non si spalancavano su alcun racconto. Peraltro non li raccontavo a nessuno, e non avevo intenzione di venderli a uno psicanalista. Mi limitavo a trascriverli quando si presentavano. Ne parlo qui per la prima volta. Se non altro, però, mi avevano dato l'idea di riconciliare i miei allievi con la scrittura mediante la raccolta dei sogni. Quello scrivere senza dover scrivere piaceva molto ai miei piccoli sgangherati. Alcuni di loro continuano ancora oggi (a distanza di mezzo secolo, ormai rispettabili cittadini perfettamente padroni dell'ortografia) a tenere il loro quaderno dei sogni.

72.

Ogni tanto avevo bisogno di lasciare la piccola folla del collegio. Quelle sere, anziché mangiare al refettorio, cenavo fuori, in un albergo per viaggiatori di commercio. Non c'è niente di meglio per la solitudine. Pochi uomini mangiavano in silenzio, ciascuno al suo tavolo. Davano uno sguardo ai loro cataloghi al momento del fernet o della camomilla, e poi salivano a dormire. Io correggevo i compiti. I proprietari dell'albergo (genitori di allievi) mi lasciavano lavorare fino alla chiusura. Quando arrivava l'ora, alzavano il volume del televisore – acceso in sordina – e bevevamo un calvados guardando il telegiornale della notte. Era il nostro rituale.

73.

"Non c'è bisogno che ti arrovelli tanto," mi disse Françoise, "il mio san Sebastiano l'avrai visto una di quelle sere, sorseggiando il tuo calvados davanti al telegiornale. È l'unica sequenza del mio film che la televisione ha accettato di mandare in onda. Diciassette secondi della vita di un santo sommerso, mentre una voce fuori campo raccontava l'inondazione della valle. Gavino mi aveva chiesto di rimettere il santo al suo posto, in ricordo di Peppina, ed è stato allora che l'ho filmato. Lo si vedeva come l'hai visto tu nel tuo sogno, sott'acqua sul camino della camera da letto, con la sua enorme aureola. Dev'essere ancora lì. Certo, l'aureola non era elettrica, ma un raggio di sole a fine corsa la faceva brillare appena appena. Dai un'occhiata al tuo quaderno dei sogni. La tivù ha trasmesso il servizio un 20 gennaio, giorno di san Sebastiano, per l'appunto. (E della nascita di Fellini, notai io per inciso.) L'avrai sognato quella notte lì."

74.

Non è impossibile che abbia visto quel servizio, ma non ne conservo alcun ricordo. Stando al mio quaderno dei sogni, la notte in cui l'hanno trasmesso non ho sognato san Sebastiano. Quella notte, un 20 gennaio effettivamente, rientrato fradicio dal ristorante dei viaggiatori di commercio, mentre una pioggia torrenziale continuava a picchiare contro la finestra della mia cella, sono piombato in un altro sogno. Che divenne anch'esso ricorrente, ma che quella prima volta accolsi con indulgenza poiché in esso la mia amica non aveva alcun ruolo. Non c'era. Ero guarito, mi dicevo, finalmente restituito a me stesso. Ne provavo un immenso sollievo.

Sognavo di essere al sicuro, in una piccola stanza circondata di libri, dove crepitava un bel fuoco. Raggomitolato in poltrona, mi pregustavo il piacere di una buona lettura scorrendo con gli occhi gli scaffali della libreria intorno a me. Cercavo *Paulina 1880*, il romanzo di Pierre Jean Jouve. Uno dopo l'altro sfilavano i miei titoli preferiti. Un sogno delizioso, insomma. Che però si trasformava ogni volta nello stesso incubo. A un tratto la libreria cominciava a fremere, tutte le copertine insieme, come la pelle di un cavallo punto da un tafano. Poi i libri si staccavano uno dall'altro con un rumore di risucchio e cominciavano a perdere inchiostro. Era come un'emorragia. Colando, l'inchiostro copriva gli scaffali con una lastra di marmo liquido in cui si riflettevano le luci della stanza. La pozza, sempre più densa, tremolava sul bordo dei ripiani. Adesso trabocca, mi dicevo. *È inevitabile*. Presumo che il corsivo sottolineasse l'imminenza della catastrofe. Annunciava l'istante in cui, tutt'intorno a me, l'inchiostro sarebbe colato giù dalla libreria per inondare lo studio, riempirlo e alla fine sommergermi. Le prime gocce si schiantavano sul pavimento con un rumore sordo. Si formava una pozza che con piccole onde concentriche si allargava fin verso la mia poltrona. Mi rannicchiavo tra i braccioli e lo schienale, con i piedi sollevati per non sporcarmi le scarpe. Stavolta, mi dicevo, non sarei potuto scappare via saltellando da una pietra all'altra come nell'inondazione di luce... No, stavolta non ho scampo...

Ringraziamenti

Vanno al Gamin, a Minne, ad Alice, a Fanchon, a Yasmina, a Gianluca, a Vincent, al Babouin, insomma ai miei consueti lettori iniziali…

Indice